E. T. A. Hoffmann

Das öde HAUS

bearbeitet v

Redaktion: Jacqueline Tschiesche
Computerlayout: Sara Blasigh
Projektleitung und Graphik: Nadia Maestri
Illustrationen: Ivan Canu

1. Ausgabe: Januar 2001

Wir würden uns freuen, von Ihnen
zu erfahren, ob Ihnen dieses Buch
gefallen hat. Wenn Sie uns Ihre
Eindrücke mitteilen oder
Verbesserungsvorschläge machen
möchten, oder wenn Sie Informationen
über unsere Verlagsproduktion
wünschen, schreiben Sie bitte an:
e-mail: redaktion@cideb.it
http://www.cideb.it

ISBN 88-7754-792-8 Buch + CD

Gedruckt in Genua, Italien, Litoprint

Inhalt

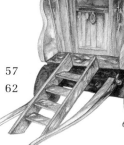

Zur Einführung

Heute will Berlin Weltstadt sein. Man baut, gibt viel Geld aus. Nicht zum ersten Mal.

Bis ins 18. Jahrhundert gab es hier nur Provinzstädtchen. Aber dann wurden die Kurfürsten von Brandenburg auch Könige von Preußen (vorher hatte das zu Polen gehört) und König Friedrich I. machte 1709 aus fünf kleineren Städten eine: Berlin. In den folgenden hundert Jahren wurde nicht nur das Königreich Preußen, sondern auch die Hauptstadt immer größer.

E. T. A. Hoffmann.

1800 hat Berlin 200 000 Einwohner und ist nach London und Paris die drittgrößte Stadt Europas.

In dieser Stadt wird Ernst Theodor Amadeus Hoffmann 1816 Kammergerichtsrat, Jurist des preußischen Staates. Die Jahre des Provinzlebens und finanzieller Probleme scheinen hinter ihm zu liegen. Berlin muss für Hoffmann anregend sein. Er schreibt und veröffentlicht viel, hat endlich als Schriftsteller Erfolg. Oft trifft er Freunde: man erzählt, man raucht und trinkt bis in die Nacht. Der Theodor der Erzählung „Das öde Haus" trägt sicher auch autobiographische Züge.

KAPITEL 1

Theodors sechster Sinn

Wieder einmal saßen Theodor und seine Freunde beisammen. Leere Weinflaschen standen auf dem Tisch. Man sprach über das Wunderbare. Es sei doch, meinten sie alle, im wirklichen Leben viel besser zu finden, als es die Phantasie erfinden könnte. „Das sieht man schon", meinte Lelio, „an den so genannten historischen Romanen. Warum sind sie denn oft so langweilig und geschmacklos? Weil der Verfasser glaubt, die

Theodors sechster Sinn

Geschichte nicht ohne die Produkte seiner ärmlichen Phantasie erzählen zu können." „In unserem Leben gibt es schon viel Rätselhaftes [1]", nahm Franz das Wort, „und das interessiert uns so sehr, weil wir dahinter den höheren Geist erkennen, der uns alle beherrscht [2]."

„Ach!" meinte Lelio, „erkennen – das ist uns seit Adam und Eva nicht mehr gegeben." „Nicht allen ist es gegeben", antwortete Franz, „aber glaubst du nicht auch, dass manche diese Gabe haben und die Wunder unseres Lebens verstehen können?

1. **-s Rätselhafte** : was man nicht erklären kann.
2. **beherrschen** : dominieren.

Das öde HAUS

Diese Menschen, die das Wunderbare sehen können, sind vielleicht ein bisschen wie die Fledermäuse [1]. Vom Anatom Spalanzani [2] wissen wir, dass die Fledermäuse einen sechsten Sinn haben, der ihnen viel besser hilft als alle anderen fünf Sinne zusammen."

„Ho ho", rief Franz lächelnd, „dann wären also die Fledermäuse die wahren Geisterseher! Aber was ist denn dieser sechste Sinn am Ende? An allem findet er etwas, was nicht in das normale Leben passt. Was ist denn aber das normale Leben? – Ach, ein Drehen im Kreise, das Weitergehen im Takt – und einmal im Leben möchte man doch auch springen. Aber wir kennen jemanden, der diese Sehergabe hat. Er folgt oft tagelang unbekannten Menschen, weil er ihren Blick oder ihren Gang seltsam findet. Bei dem, was alle normal finden, bleibt er plötzlich stehen, wird nachdenklich und phantasiert Beziehungen [3] heraus, an die niemand denkt." Lelio rief laut: „Halt, halt, das ist ja unser Theodor, der auch heute etwas ganz Besonderes zu denken scheint. Er hat heute Abend noch nicht gesprochen. Seht nur seinen seltsamen Blick!"

„Ihr habt Recht", fing Theodor an, der so lange nichts gesagt hatte, „meine Blicke sind seltsam, weil meine Augen das Seltsame spiegeln, das ich vor Kurzem erlebt habe."

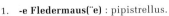

1. **-e Fledermaus(¨e)** : pipistrellus.
2. **Spalanzani** : Lazzaro Spallanzani (1729-99) war ein italienischer Naturforscher.
3. **-e Beziehung(en)** : e Relation.

Leseverständnis

1 **Namen und Fakten.**

1. Wie heißen die Freunde?
2. Wo sind sie und was machen sie?
3. Was sind die Gesprächsthemen?

2 **Was ist richtig (R), was ist falsch (F)?**

		R	F
1.	Ein paar Freunde sprechen über das Rätselhafte in unserem Leben.	☐	☐
2.	Historische Romane finden sie alle schön.	☐	☐
3.	Einer von ihnen meint, im Rätselhaften könnten wir die Aktivität einer bösen Macht sehen.	☐	☐
4.	Spalanzani hat gezeigt, dass Fledermäuse einen Sinn haben, den wir Menschen nicht haben.	☐	☐
5.	Theodor findet viele Dinge unerklärlich, die andere normal finden.	☐	☐
6.	Theodor meint, er habe nichts Besonderes zu erzählen.	☐	☐
7.	Franz findet das normale Leben zu langweilig.	☐	☐

3 **Was ist wahrscheinlich, was unwahrscheinlich (und welche Indizien siehst du dafür)?**

1. Die Freunde haben zu viel getrunken.
2. Sie kennen sich schon lange.
3. Sie hören und erzählen ungern seltsame Geschichten.
4. Theodor hat den sechsten Sinn.

5. Der sechste Sinn der Fledermäuse hat etwas mit der höheren Macht zu tun.

6. Theodor hat nur darauf gewartet, seine Geschichte erzählen zu können.

Focus

4 **Einen sechsten Sinn haben nicht nur Spalanzanis Fledermäuse, sondern auch manche Menschen, sagt man – aber was ist der sechste Sinn?**

A. Die fünf Sinne – zur Wiederholung: womit machen wir was?
hören – riechen – schmecken – tasten – sehen

B. Wo „sitzt" der sechste Sinn? und was soll das sein?
Manche meinen, es sei ein parapsychisches Talent, andere nennen ihn einfach: Intuition. Welche Definition gefällt dir besser?

Wo, wann und an wem wird diese Fähigkeit sichtbar?
Wer braucht sie manchmal? ein Arzt – Psychiater – Lehrer –
Priester – Künstler – Journalist – Jurist – Kriminalkommissar ...?

C. Zwischen „New Age", alten Astrologen und „Akte X" glauben
heute wieder viele an einen „sechsten Sinn" und an eine
vielleicht nicht höhere, aber andere Wirklichkeit, die in
unserem Leben eine Rolle spielt. Was würdest du in den
folgenden Fällen sagen: Spinner oder Medium?

1. Er bleibt plötzlich mitten in deiner Wohnung stehen und
    sagt: „Hier gibt es negative Energie".

2. Sie meint, unter deinem Bett gebe es eine Wasserader.

3. Sie sieht in ihre Glaskugel oder legt Karten, bevor sie in
    Urlaub fährt.

4. Er geht nicht ins Büro: „Ich fühle, dass ich heute zu
    Hause bleiben sollte."

5. Er sagt: „Nächste Woche bin ich krank."

6. Sie sagt, ihre tote Urgroßmutter sei ihr im Traum
    erschienen und habe ihr gesagt, sie solle ihn nicht
    heiraten.

7. Er hat eine kleine Plastikpyramide im Auto: „Gegen Unfälle".

8. Er fühlt, dass sein kleiner Bruder in diesem Moment in
    Gefahr ist.

9. „Ich fühle, dass hier noch jemand im Zimmer ist, den wir
    nicht sehen."

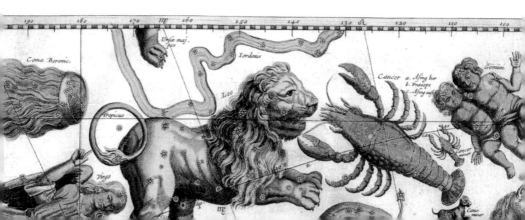

KAPITEL 2

Das rätselhafte Haus

hr wisst (so fing Theodor an), dass ich den ganzen Sommer in Berlin war. Die vielen alten Freunde und Bekannten, die ich dort traf, das angenehme Leben, die vielen Anregungen [1], Kunst und Wissenschaft, das alles hielt mich dort. Nie war ich zufriedener, und stundenlang ging ich durch die Straßen, um mir hier ein Bild anzusehen, dort ein Plakat zu lesen oder die Leute zu beobachten. Nicht nur die Kunst und der Luxus, die es überall zu sehen gab, auch die vielen Prachtgebäude [2] faszinierten mich. Besonders viele dieser Häuser gibt es in einer Allee [3], die direkt zum Brandenburger Tor [4] führt. Im Erdgeschoss dieser Häuser

---

1. **e Anregung(en)** : Stimulus.
2. **s Gebäude(=)** : Haus etc. / **e Pracht(-)** : Luxus, Ostentation.
3. **e Allee(n)** : breite Straße.
4. **Brandenburger Tor** : siehe Seite 24.

Das rätselhafte Haus

gibt es meistens teure Geschäfte, während in den oberen Stockwerken die Reichen und Personen von Stand [1] wohnen. Die vornehmsten [2] Gasthäuser liegen in dieser Straße, ausländische Diplomaten wohnen dort, und ihr könnt euch denken, dass es hier ein ganz besonderes Leben gibt, ganz anders als in anderen Teilen der Stadt. Viele wollen hier wohnen, und bei den hohen Preisen können sie nur eine kleine Wohnung bezahlen. In den Häusern hier wohnen daher mehr Leute als in anderen Straßen, und diese Leute sind immer in Bewegung.

Schon oft war ich diese Straße entlang gegangen, als mir eines Tages plötzlich ein Haus ins Auge fiel. Zwischen zwei hohen Prachtgebäuden stand da ein niedriges, vier Fenster breites Haus. Das erste Stockwerk war nicht viel höher als das Erdgeschoss der Nachbarhäuser. Das Dach war schon lange nicht mehr repariert worden und die Fenster waren zum Teil mit Papier verklebt [3].

Denkt euch so ein Haus zwischen den mit geschmackvollem Luxus dekorierten Prachtgebäuden! Ich blieb stehen und sah mir das Haus näher an. Es gab kein Leben hinter den Fenstern, es schien mir, hinter einigen Fenstern im Erdgeschoss eine Mauer zu sehen. Neben dem Haus gab es ein Tor [4]. Aber ich sah keine Glocke, kein Schloss, keinen Griff. Ich war sicher, dass das Haus unbewohnt war, denn so oft ich vor dem Haus stehen blieb, zu keiner Tageszeit

---

1. **von Stand** : Aristokraten etc.
2. **vornehm** : elegant und teuer.
3. **verkleben** : auf dem Glas Papier anbringen.
4. **s Tor(e)** : große Tür.

Das öde HAUS

habe ich in dem Haus oder im Tor einen Menschen gesehen. Ein unbewohntes Haus in diesem Teil der Stadt! „Das ist seltsam", dachte ich, „aber vielleicht gibt es eine ganz einfache Erklärung dafür. Wahrscheinlich macht der Besitzer eine lange Reise, oder er lebt weit von hier, irgendwo auf dem Lande. Vielleicht hat er das Haus vergessen, oder er will es behalten, um später einmal nach Berlin zurückkehren zu können." So dachte ich, aber wenn ich an dem öden Haus vorbei ging, musste ich jedesmal stehen bleiben und begann zu phantasieren, ich weiß selbst nicht, warum. – Ihr, liebe Freunde meines fröhlichen Jugendlebens, ihr kennt mich schon lange als Geisterseher und wisst, wie immer nur ich Rätselhaftes sehen wollte, wo für euch alles ganz normal aussah. – Nun! Ihr meint, ich hätte hier wieder einmal mich selbst lächerlich gemacht, und das öde Haus dazu, aber wartet nur, am Ende kommt die Moral, und wenn ihr dann noch lachen könnt ...! – Zur Sache! – Eines Tages, um die Tageszeit, zu der alle auf der Allee hin und her gehen, stehe ich wie gewöhnlich in tiefen Gedanken vor dem öden Haus. Plötzlich spüre ich, dass jemand hinter mir steht und mich ansieht. Es ist Fürst [1] P. Ich kenne ihn schon lange und weiß, dass ihn das Wunderbare fasziniert wie mich. Ich denke: Natürlich hat er auch gesehen, wie sonderbar dieses Haus ist. Aber als ich dann mit ihm von diesem öden Haus im belebtesten Viertel der Stadt sprach, lächelte er nur ironisch. Er war viel weiter gegangen als ich und hatte so lange recherchiert

---

1. **r Fürst(en)** : Aristokratentitel.

Das rätselhafte Haus

und kombiniert, bis er eine ganz phantastische Geschichte über das Haus zusammen hatte. Vielleicht sollte ich euch seine phantastische Geschichte erzählen, aber das, was mir dann wirklich passierte, ist viel interessanter. Er selbst hat eine böse Enttäuschung [1] erlebt, denn als er seine Geschichte zusammen hatte, musste er erfahren, dass es im öden Haus nichts anderes gebe als die Backstube des

---

1. **e Enttäuschung(en)** :
   ich denke, es wird
   schön oder interessant
   sein, aber dann ist es
   banal, uninteressant.

15

Das öde
HAUS

Konditors, dessen prachtvolles Geschäft nebenan liegt. Im Erdgeschoss gab es die Backöfen, daher waren die Fenster vermauert [1], und im ersten Stock lagerte [2] das Gebäck. Was der Fürst mir da erzählte, war eine kalte Dusche für mich und meine Phantasie: Bonbons, Torten und kandierte Früchte sollten das Geheimnis des öden Hauses sein? Ich konnte mich an den Gedanken nicht gewöhnen. Auch in den nächsten Tagen starrte ich das Haus an, wenn ich dort vorbei ging. Ob der Fürst Recht hatte? Oder war das nur eine von den Geschichten, die man Kindern erzählt, damit sie keine Angst haben?

„Mein lieber Theodor", dachte ich mir dann wieder, „deine Freunde haben Recht: du bist ein überspannter [3] Geisterseher, ein Spinner." – Das Haus blieb unverändert. Täglich ging ich daran vorbei, aber ich sah es schon nicht mehr.

1. **vermauert** : mit einer Mauer verdeckt/verschlossen.
2. **lagern** : lange Zeit liegen.
3. **überspannt** : nicht normal, verrückt.

Leseverständnis

1 **Suche zu jedem Satzanfang die passende(n) Ergänzung(en) a-i.**

1. Der Erzähler ...   → [a.] [b.]
2. In dieser Allee wohnen ...   → ☐ ☐
3. Ein Haus weckt sein Interesse,   → ☐ ☐
4. Es ist nicht klar,   → ☐ ☐
5. Die einfachste Erklärung ist,   → ☐ ☐
6. Sein Freund erzählt ihm,   → ☐ ☐
7. Der Erzähler denkt nicht mehr daran.

a. geht gern spazieren,

b. wo es viel zu sehen gibt

c. weil es klein und alt ist.

d. dass das Haus Teil der Konditorei ist,

e. die daneben liegt.

f. dass es jemandem gehört,

g. der nicht dort wohnt.

h. besonders viele Leute.

i. ob jemand darin wohnt.

Was ist wahrscheinlich?

1. Der Erzähler und Fürst P. haben ein intensives Arbeitsleben.

2. In dem Haus wohnen arme Leute.

3. Der Erzähler trifft Fürst P. am frühen Morgen.

4. Der Erzähler kommt aus einer Provinz-Kleinstadt.

5. In dem alten Haus stehen nicht die Öfen des Konditors.
Dort wohnt seine Großmutter.

Wortschatz

2 **Adjektive und Gegenteile.**
**In der natürlichen Sprache gibt es zu vielen Adjektiven mehr als
ein Gegenteil.**
Welche Adjektive 1-15 sind Gegenteile welcher Adjektive a-f?

a. langweilig		**1.** tief
b. hoch		**2.** besonders
c. normal		**3.** spannend
d. lang		**4.** packend
e. geschmackvoll		**5.** niedrig
f. einfach		**6.** seltsam
		7. kompliziert
		8. schwierig
		9. verrückt
		10. geschmacklos
		11. prächtig
		12. billig
		13. ärmlich
		14. interessant
		15. kurz

Grammatik

„Wir wollen verstehen, was dahinter steckt!"

Steht das Pronomen für den Namen eines Gegenstandes, den wir mit Präposition verwenden würden, brauchen wir ein Präpositionalpronomen. Form: da(r)+Präposition. Beispiele:

Die Fenster sind verklebt. Wir wollen wissen, was dahinter (= hinter den Fenstern) geschieht.

Er ist arm. Sie denkt immer daran (= an die Tatsache, dass ...).

Aber: *Sie denkt immer an ihn.* (Bei Personen bleiben Präposition und Pronomen getrennt.)

Wie gibst du Wörter wie „dahinter" und „daran" in deiner Muttersprache wieder?

3 Setze die Pronomen aus der Liste ein. (In einem Satz darfst du kein Präpositionalpronomen verwenden. In welchem? Warum nicht?)

1. Das Haus ist seltsam. Was denkst du .... ?
2. Vorne steht eine Statue, aber wer steht .... ?
3. Was ich ihm geschenkt habe? Eine Flasche Wein und .... zwei Weingläser.
4. Die Geschichte ist schon lange vorbei und ich denke nicht mehr ....
5. Er legt die Bilder auf den Tisch. Es sind ein paar schöne Fotos ....
6. Ich nehme das Fernglas. .... kann ich besser sehen.
7. Er gewinnt vielleicht im Lotto, aber .... wird er auch nicht glücklich.
8. Die Mörderin sitzt schon im Zug nach Spanien und ihr Komplize ist ....
9. Sie war für den Autokauf. Er war ....
10. Er sang zu laut und .... konnte ich mich nicht konzentrieren.

damit   dazu   dabei (2x)   darüber

dadurch   dahinter   daran   dagegen

Die Hauptſtadt Preußenſ braucht eine Hauptſtraße!

Vor allem für Militärparaden

Die Straße Unter den Linden wird zwischen
1733 und 1840 zur Hauptstraße einer
Landeshauptstadt. Die Straße ist 60 m breit und
1200 m lang. Sie führt vom Stadtschloss der
Könige zum neu gebauten Brandenburger Tor.
Links und rechts baut man Repräsentationsgebäude:
Kronprinzessinnen- und Kronprinzen-Palais, die
Staatsoper ... Dazwischen entstehen Häuser für die
Reichen, Geschäfte, Konditoreien. Von Anfang an
hat Unter den Linden ein doppeltes Gesicht: für
Militärparaden und zur Repräsentation von Macht

und Kultur geplant, bot die Allee auch Raum für einen neuen Typ Großstadtmensch.

Unter den Linden, vom Stadtschloss aus gesehen.

Theodor – ein Flaneur?

Theodor, der Ich-Erzähler unserer Geschichte, scheint vor allem eins zu tun: er geht spazieren. Er sieht den anderen zu, die auf der Straße hin- und hergehen, aus den Häusern kommen, in Häusern verschwinden … er sieht sich die Auslagen der Geschäfte an und die Häuser. Im Mittelpunkt der Geschichte steht dann auch ein Haus – nicht die „Masse" der Passanten.

Fragen zum Text

1. Was hat Theodor bei seinen Spaziergängen immer dabei?
2. Wie spricht er über das „Stadtvolk"?
3. Wie sieht er sich selbst in Beziehung zur Masse? Hält er Distanz? Fühlt er sich als Teil der Masse? Hat er Kontakt zu den anderen „Individuen"? Wenn ja, wann und wie?

Teilansicht des Platzes der Akademie.

Fürst P. – ein Dandy?

Der nordamerikanische Weihnachtsmann fährt mit einem Schlitten, der von vier Hirschen (heute oft von Rentieren) gezogen wird. Genau so wie der Schlitten, mit dem Fürst Pückler-Muskau im Winter in Berlin spazieren fuhr. Seinerzeit für Extravaganz berühmt, hat er auch einer Eisspezialität den Namen gegeben, eben dem Fürst-Pückler-Eis. In Bad Muskau (zwischen Cottbus und Görlitz, heute an der polnischen Grenze) hat Fürst P. einen riesigen Landschaftspark nach englischem Muster anlegen lassen: als „erweitertes Wohnzimmer", wie er sagte. 1845 hat er den Park verkaufen müssen. Heute kann man dort zwei Schlösser und Teile des Parks besichtigen.

Recherche

Welche Unterschiede zum Bild der Großstadt und des Betrachters in ihr siehst du zwischen dem „Öden Haus" und den Gedichten

1. Poe: The Man In The Crowd

2. Baudelaire: A une passante

Oben: Der Berliner Dom wird erst Ende des neunzehnten Jahrhunderts erbaut.

Unten: Die Kapelle der Katholischen Kathedrale der Heiligen Hedwig.

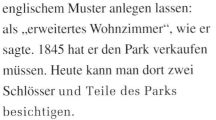

Das Brandenburger Tor

Das Brandenburger Tor ist kein Tor im Sinne römischer oder mittelalterlicher Städte. 1788-91 gebaut, hat es nichts mehr mit der Stadtmauer zu tun, ist eher ein theatralisches Element, dem römischen Triumphbogen ähnlich. Es definiert den Anfang einer Straße, die aus dem Nichts zu kommen scheint. Bei der Parade marschieren die Soldaten durch das enge Tor auf die Paradestraße.

In zweihundert Jahren ist das Tor zum Symbol Deutscher Geschichte geworden. Während der Teilung Berlins stand es genau an der Mauer (Unter den Linden lag im Osten) und war nicht zugänglich.

„1820"

<u>Was glaubst (weißt) du?</u>

1. Wer ist hier in zweihundert Jahren marschiert?
   (1806 – 1815 – 1871 – 1933 – 1945)

2. Was steht oben auf dem Tor?

3. Interpretation: Was könnte die Tatsache symbolisieren, dass die Soldaten durch ein enges Tor marschieren? Was hätte Freud dazu gesagt?

Das Brandenburger Tor.

KAPITEL 3

Seltsame Dinge?

Eines Tages, als ich wie immer zur Mittagsstunde spazieren ging, sah ich, wie sich die Gardine hinter dem letzten Fenster im ersten Stock plötzlich bewegte. Eine Hand war zu sehen, dann auch ein Arm. Ich nahm schnell mein Opernglas aus der Tasche und sah nun deutlich die schön geformte Hand einer Frau, an deren kleinem Finger ein Brillant blitzte. Am Arm trug sie ein schweres Armband aus Gold. Die Hand stellte eine seltsam geformte Kristallflasche ins Fenster. Dann war sie nicht mehr zu sehen. Erstarrt blieb ich stehen, eine elektrische Wärme durchlief meinen Körper, lange und wie versteinert [1] sah ich hinauf zu diesem Fenster. Als ich endlich wach wurde, sah ich viele Menschen um mich herum stehen, die so wie ich hinauf sahen.

---

1. **versteinert** : zum Fossil geworden.

Seltsame Dinge?

„Mein Gott", dachte ich, „das ist das Stadtvolk. Es würde auch hier stehen und gaffen [1], wenn ein Strumpf aus dem sechsten Stock gefallen wäre, ohne in Stücke zu gehen." Ich ging leise fort.

„Die reiche Konditorsfrau wird eine Flasche mit Rosenwasser ins Fenster gestellt haben. So sonderbar ist das nicht!" So dachte ich zuerst. Aber dann schien mir diese Lösung wieder zu prosaisch. Was geschah wirklich im öden Haus? Plötzlich hatte ich eine Idee: „Ich gehe einfach fragen!"

Ich ging zurück zur Konditorei neben dem geheimnisvollen Haus. Sie war hell erleuchtet. Drinnen bestellte ich eine heiße Schokolade. „Sie haben wirklich Glück, dass Sie in dieser Straße, gleich nebenan, ein leeres Haus für Ihre Backöfen gefunden haben", sagte ich zum Konditor, als er mir die Tasse gab. Er warf noch schnell ein paar bunte Bonbons in die Tüte [2] und gab sie dem netten Mädchen, das darauf wartete. Dann sah er mich fragend an, als ob er mich nicht richtig verstanden hätte. Ich wiederholte, dass es gut für ihn sei, im Nachbarhaus die Bäckerei zu haben, obwohl das unbewohnte Gebäude in dieser Prachtstraße ein wenig traurig aussehe. „Ei mein Herr", fing nun der Konditor an, „wer hat Ihnen denn gesagt, dass das Haus nebenan uns gehört? Schön wär's ja, und wir haben auch versucht es zu kaufen, aber ohne Erfolg. Vielleicht ist es auch besser so, denn in dem Haus da", und hier sprach er leise weiter, „geschehen seltsame Dinge." Liebe Freunde, ihr könnt euch

---

1. **gaffen** : (auf dumme Weise) fixieren.
2. **e Tüte(n)** : kleiner Sack.

Das öde HAUS

denken, wie sehr ich den Konditor bat, mir mehr von dem Haus zu
erzählen. „Ja, mein Herr!" sprach er, „viel weiß ich auch nicht
davon. Es gehört einer Gräfin von S., die auf dem Lande lebt und
seit vielen Jahren nicht in Berlin gewesen ist. Als es die
Prachtgebäude in dieser Straße noch nicht gab, stand dieses Haus,
wie man mir erzählt hat, schon genauso da wie heute. Nur zwei
lebendige Wesen wohnen darin, ein steinalter,
menschenfeindlicher Hausverwalter und ein alter grämlicher [1]
Hund, der manchmal nachts den Mond anheult. Alle sagen, es
spukt [2] in dem öden Haus, und wirklich, mein Bruder und ich, wir
hören nachts oft seltsame Laute, die aus dem Nebenhause
kommen. Und dann fängt es an so hässlich zu rumoren, dass wir
beide Angst bekommen. Auch ist es nicht lange her, dass wir zur
Nachtzeit einen sonderbaren Gesang hörten. Es musste eine alte
Frau sein, die dort mit gellender [3] und klarer Stimme, in bunten
Kadenzen und so hoch sang, wie ich es noch nie gehört hatte,
obwohl ich in Frankreich, Italien und Deutschland so viele
Sängerinnen gekannt habe. Mir schien, es würden französische
Worte gesungen, doch sicher war ich mir da nicht. Lang konnte
ich auch nicht zuhören, denn mir standen die Haare zu Berge. Wir
hören manchmal auch Seufzer [4], und dann wieder ein Lachen, das
aus dem Boden zu kommen scheint. Sehen Sie – (er führte mich

---

1. **grämlich** : böse.
2. **spuken** : das tun Geister.
3. **gellend** : zu hoch.
4. **r Seufzer(=)** : „uh!", in Venedig gibt es die „Seufzerbrücke".

Seltsame Dinge?

in das hintere Zimmer und zeigte durchs Fenster) sehen Sie das Rohr [1], das aus der Mauer kommt? Da raucht es manchmal so stark, auch im Sommer, dass wir Angst bekommen, es könnte brennen. Der alte Hausverwalter sagt, er koche sich sein Essen. Aber was der isst, möchte ich nicht wissen. Wenn das Rohr raucht, riecht es ganz sonderbar." Die Glastür der Konditorei wurde geöffnet, der Konditor ging hinein und gab mir, während er die eingetretene Person begrüßte, ein Zeichen. Ich verstand ihn sofort. Konnte denn die sonderbare Gestalt, die da im Geschäft stand, jemand anders sein als der Verwalter des seltsamen Hauses?

Denkt euch einen kleinen, sehr mageren Mann. Sein Gesicht hatte die Farbe einer Mumie. Seine Nase war spitz, seine Lippen schmal. Er hatte grüne Katzenaugen und lächelte sonderbar. Er trug ein hohes Toupet, war stark gepudert und trug einen sehr altmodischen braunen Rock [2]. Diese kleine, magere Figur aber war robust, vor allem die Hände mit den langen starken Fingern. Kraftvoll ging er lächelnd zum Ladentisch, blieb dann stehen, sah sich die Süßigkeiten genau an, und weinte plötzlich wie ein krankes Kind: „Ein paar Stückchen Marzipan, ein paar Zuckerkastanien ...". Der Konditor suchte alles, was der Alte wollte, zusammen. „Wiegen [3] Sie, wiegen Sie, verehrter Nachbar!" sagte der alte Mann und suchte dann in seinen

---

1. **s Rohr(e)** : Wasser und Gas kommen durch Rohre ins Haus.
2. **r Rock(¨e)** : (hier) Mantel.
3. **wiegen** : in Gramm oder Kilogramm.

Das öde HAUS

Taschen das Geld. Langsam zählte er es auf den Ladentisch.
Ich konnte sehen, dass viele alte Münzen dabei waren, die heute
keine Bank mehr annimmt. Dabei sah er traurig aus und sagte
leise: „Süß – süß – süß soll nun alles sein; der Satan gibt seiner
Braut Honig – puren Honig." Der Konditor schaute mich lachend
an und sagte dann zu dem Alten:
„Sie fühlen sich wohl nicht recht
wohl – ja, das ist das Alter, das
Alter, die Schwäche –." Mit immer
demselben Gesicht rief der Alte jetzt
laut: „Alter? – Alter? – schwach
werden! Ho ho – ho ho – ho ho!"
Dann sprang er hoch auf und schlug
die Hände und die Füße zusammen,
dass die Gläser im Laden klirrten.
Aber in dem Moment hörten
wir ein
schreckliches
Geschrei, denn
der Alte hatte
den schwarzen
Hund getreten, der hinter
ihm auf dem Boden lag. „Verdammte
Bestie! Satanischer Höllenhund," sagte
der Alte, leise wie zuvor, öffnete die Tüte
und reichte dem Hund ein großes Stück

Seltsame Dinge?

Marzipan. Der Hund, der wie ein Mensch geweint hatte, war plötzlich still, stellte sich auf die Hinterpfoten [1] und fraß sein Marzipan. Der Alte verschloss die Tüte, steckte sie ein und sagte: „Gute Nacht, verehrter Herr Nachbar!" Er gab dem Konditor die Hand. Aber er drückte sie so stark, dass der Konditor vor Schmerz laut aufschrie. Der Alte kicherte: „Der schwache Alte wünscht Ihnen eine gute Nacht, Herr Konditor", und ging aus dem Laden hinaus. Der Hund leckte sich das Maul und ging langsam hinter ihm her. Mich schien der Alte gar nicht gesehen zu haben, ich stand starr da und sah den Konditor ungläubig an.

„Sehen Sie", begann der Konditor, „sehen Sie, das macht der sonderbare Alte wenigstens zwei –, dreimal im Monat, aber mehr ist von ihm nicht zu erfahren. Nur einmal hat er erzählt, dass er Kammerdiener des Grafen von S. war, dass er jetzt hier das Haus verwaltet und seit vielen Jahren täglich die Familie des Grafen hier erwartet, so dass nichts vermietet werden kann. Mein Bruder hat ihn einmal angesprochen, nachdem wir nachts wieder diesen sonderbaren Gesang gehört hatten, aber der Alte hat nur geantwortet: „Ja! – Die Leute sagen alle, es spuke in dem Haus, glauben Sie es aber nicht!"

Die Spaziergangsstunde war gekommen. Elegante Menschen kamen in den Laden, und ich konnte nicht weiter fragen.

---

1. **e Hinterpfote(n)** : der hintere Fuß (bei Tieren).

Leseverständnis

1 **Namen und Fakten.**

    1. Welche Personen lernen wir in diesem Kapitel neu kennen?

    2. Wo befindet sich der Erzähler?

2 **Richtig oder falsch?**

	R	F
1. Der Erzähler sieht den Arm einer Frau im Fenster.	☐	☐
2. Er findet das nicht besonders interessant.	☐	☐
3. Er hat ein kleines Fernglas dabei.	☐	☐
4. Auf der Straße stehen viele Leute und sehen nach oben.	☐	☐
5. Ein Strumpf liegt auf der Straße.	☐	☐
6. Der Erzähler hat keine Erklärung für das, was er gesehen hat.	☐	☐
7. Er geht Kuchen kaufen.	☐	☐
8. Er versucht, vom Konditor eine Erklärung zu bekommen.	☐	☐
9. Der Konditor will von dem öden Haus nichts wissen.	☐	☐
10. Das öde Haus ist nur kleiner, nicht älter als die Nachbarhäuser.	☐	☐
11. Der Konditor hört nachts italienische Opern.	☐	☐
12. Er lebt mit seinem Bruder zusammen.	☐	☐
13. Er kann sich nicht erklären, was der Alte sich kocht.	☐	☐
14. Der Mann aus dem öden Haus war alt, hatte aber rosige Wangen.	☐	☐
15. Der Mann ist alt und kann nicht mehr springen.	☐	☐
16. Er bezahlt mit altem Geld.	☐	☐
17. Er gibt dem Konditor freundlich die Hand.	☐	☐
18. Der Erzähler will nichts mehr vom öden Haus wissen.	☐	☐

3 **Wahrscheinlich oder nicht?**

1. Wenn ein Strumpf aus dem sechsten Stock fällt, geht er in Stücke.
2. Die Frau, deren Arm man im Fenster sah, ist reich.
3. Was der Alte kauft, ist für die Frau.
4. Er liebt sie.
5. Er oder sie wohnt im Keller des Hauses.
6. Die Bewohner des Hauses sind verrückt.
7. Der Konditor ist verrückt.
8. Der Erzähler ist verrückt.
9. Der Erzähler wird nicht mehr an das öde Haus denken.

Wortschatz

4 **„Gesang" und „Geschrei" sind von Verben abgeleitete Substantive. Wenn du die Ableitung kennst, kannst du die Wörter leichter lernen – sie selbst zu formen ist zu schwierig. Verbinde die Wörter miteinander, die zusammengehören.**

r Gesang	schmecken	s Gebot	betteln
r Geruch	denken	r Genuss	beten
r Gestank	heulen	s Gebet	quatschen*
s Gerede*	singen	s Gebettel	gebieten
s Geheul	riechen	s Gequatsche	genießen
r Geschmack	reden	s Geläute	läuten
r Gedanke	stinken		

* negativ für sprechen.

5 Was ist der Unterschied ...

1. zwischen einer Pfote und einem Fuß?
   Hunde und Katzen haben Pfoten, Menschen Füße.

2. zwischen einer Tüte und einem Sack?
   ....

3. zwischen einem Windstoß und einem Windhauch?
   ....

4. zwischen einem Gaffer und einem Zuschauer?
   ....

5. zwischen einer Tür und einem Tor?
   ....

6. zwischen Geruch und Gestank?
   ....

7. zwischen seufzen und heulen?
   ....

Grammatik

Dafür gibt es eine ganz einfache Erklärung, oder?

Vermutungen – Hypothesen

Das Futur wird im Deutschen oft nicht temporal, sondern modal gebraucht.

Der Erzähler sieht einen Frauenarm im Fenster. Er findet eine plausible Erklärung dafür:

„Da wird die Konditorsfrau eine Flasche ins Fenster gestellt haben."

Alternativformulierungen sind:

a. „Die Konditorsfrau hat wohl eine Flasche ins Fenster gestellt."
   (Hier hat das Wörtchen „wohl" modale Funktion.)

b. „Vermutlich hat die Konditorsfrau eine Flasche ins Fenster gestellt."

(Hier wird direkt ausgedrückt, dass es sich um eine Vermutung handelt.)

Welche der drei Möglichkeiten, Vermutungen auszudrücken, gibt es in deiner Muttersprache?
Wie könnte man die Beispielsätze übersetzen?

6 **Was ist eine Vermutung, was scheint sicher?**

Beispiel: Sie sind wohl nicht gesund? **Vermutung**

1. Ich werde morgen noch mal vorbeikommen.

2. Da werde ich das wohl gestern hier gelassen haben.

3. Er wird das gern machen.

4. Das haben Sie wohl falsch verstanden.

5. Das müssen Sie falsch verstanden haben.

7 **Was würdest du vermuten ...**

wenn es in deiner Nachbarschaft ein verlassenes Haus mit vermauerten Fenstern gäbe, ...

1. in dem Du nachts Stimmen hörtest?

2. vor dem morgens ein Wagen parkte?

3. in dem nachts eine Maschine liefe?

4. und es in der Nähe des Hauses seltsam riechen würde?

5. und das Haus jeden Tag eine andere Farbe hätte?

6. das eines Tages nicht mehr da wäre?

7. und dich eines Tages ein schwarz gekleideter Herr, der eine dunkle Sonnenbrille trägt und mit italienischem Akzent spricht, nach dem Schlüssel des Hauses fragte?

Erweiterung

8 **Was wir vermuten, kann mehr oder weniger wahrscheinlich sein, und es gibt eine ganze Reihe sprachlicher Mittel, um das auszudrücken. Ordne die folgenden Sätze nach Grad der Wahrscheinlichkeit:**

Beispiel:

Satz 1   Satz 2
(sicher)   (sehr unsicher)

●——→

1. Sie ist im Büro.

2. Sie könnte auch im Büro sein.

3. Das muss eine Opernsängerin sein.

4. Er sollte eigentlich zu Hause sein.

5. Den Namen müsste er ins Adressbuch geschrieben haben.

6. Er wird schon alles richtig machen.

7. Den kennt sie wohl noch aus ihrer Schulzeit.

KAPITEL 4

Theodors Vision

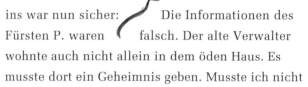

Eins war nun sicher: Die Informationen des Fürsten P. waren falsch. Der alte Verwalter wohnte auch nicht allein in dem öden Haus. Es musste dort ein Geheimnis geben. Musste ich nicht bei der Erzählung von dem seltsamen Gesang an den schönen Frauenarm denken, den ich dort im Fenster gesehen hatte? Das konnte aber nicht der Arm eines alten Weibes [1] gewesen sein, und der Konditor hatte ein altes Weib singen hören. Wie erklärte sich das? Den Arm hatte ich gesehen, und der Konditor hatte durch die dicken Mauern vielleicht den Gesang anders gehört, als er wirklich war. Es musste dort eine junge Frau leben! – Nun dachte ich an den Rauch, den seltsamen Geruch, von dem der Konditor gesprochen hatte, und sah wieder die Kristallflasche im Fenster vor mir. Der Alte musste ein Hexenmeister [2], ein Zauberer sein,

---

1. **s Weib(er)** : negativ für Frau.
2. **r Hexenmeister(=)** : r Magier.

Das öde HAUS

und er hielt ein wunderschönes Mädchen gefangen. Meine
Phantasie arbeitete und noch in derselben Nacht – nicht im Traum,
sondern noch beim Einschlafen – sah ich deutlich die Hand mit
dem Diamanten, den Arm mit dem goldenen Armband. Wie aus
grauem Nebel wurde das Bild nach und nach klarer. Ich sah ein
süßes Gesicht mit traurigen Himmelsaugen, dann stand das ganze
wunderschöne Mädchen in der Schönheit seiner Jugend vor mir,
und der graue Nebel – kam aus der Kristallflasche. „O, du süßes
Zauberbild!" rief ich überglücklich, „oh du holdes Zauberbild, wo
kann ich dich finden? Was hält dich gefangen? Ich weiß es, es ist
die schwarze Kunst des Alten Teufels! Du bist die unglückliche
Sklavin des Alten, der mit seinem Höllenhund in Konditoreien
herumläuft und springt! Oh, ich weiß ja alles, du süßes, du liebes
Mädchen! Das Band an deinem Arm ist verzaubert. Daran hält dich
der alte Teufel fest. Ich komme, um dich zu befreien! Weiß ich
denn nicht alles? Oh, nun öffne den Rosenmund und sage –" In
diesem Augenblick griff eine magere alte Hand nach der Flasche,
die in tausend Stücke zersprang. Einen leisen, traurigen Ton hörte
ich noch, dann war das Mädchen nicht mehr zu sehen. – Ha! Ich
sehe an eurem Lächeln, dass ihr denkt: „Da träumt er wieder, der
gute Theodor!" Wenn es aber ein Traum war, so war es – eine
Vision!

Am nächsten Morgen ging ich in aller Frühe hinaus. Voll
Unruhe lief ich zur Allee und stellte mich vor das öde Haus.

An den Fenstern waren auch noch schwere Jalousien [1]

---

1. **e Jalousie(n)** : hängen vor dem Fenster, damit man nicht hineinsehen kann.

Das öde HAUS

heruntergelassen! Niemand war so früh auf der Straße. Ich ging
ganz nah an die Fenster und versuchte etwas zu hören. Nichts! So
still blieb es wie im tiefen Grabe [1]! Ich konnte nicht dort bleiben.
Die ersten Geschäfte öffneten, Leute kamen vorbei. Ich ging weiter.
Aber den ganzen Tag, die ganze Woche blieb ich in der Nähe des
Hauses, immer wieder stand ich davor, und ich sah – nichts!

Das schöne Bild meiner Vision wurde schon blasser, da sah
ich eines Abends, als ich von einem Spaziergang kam, dass das
Tor halb geöffnet war. Schnell trat ich ein. Ich stand in einem
schwach beleuchteten Vorsaal. An den Wänden hingen alte,
bunte Tapeten. Der Saal war mit großen roten Sesseln möbliert.
Da stand der Alte vor mir. Ich sah ihn an und fragte: „Wohnt
nicht Finanzrat [2] Binder in diesem Hause?" Der Alte trug sein
maskenhaftes Lächeln im Gesicht und antwortete langsam:
„Nein, der wohnt nicht hier, hat niemals hier gewohnt, wird
niemals hier wohnen und wohnt in der ganzen Allee nicht.
– Aber die Leute sagen, es spuke hier in diesem Haus. Sie
können mir glauben, dass es nicht wahr ist. Es ist ein ruhiges,
hübsches Haus und morgen zieht hier die Gräfin von S. ein und –
gute Nacht, mein lieber Herr!" Er schob mich durch das Tor
hinaus. Es schlug hinter mir zu. Ich konnte den Alten noch
hören. Er hustete und ging mit klirrendem Schlüsselbunde ein
paar Stufen, wie mir schien – hinunter.

1. **s Grab(¨er)** : Loch für Tote.
2. **r Finanzrat (¨e)** : Beamtentitel.

Leseverständnis

1 Ordne die folgenden Sätze in chronologischer Reihenfolge.
(Einige Sätze haben natürlich nichts mit dem Text zu tun.)
Zu welcher Tageszeit geschehen diese Dinge?

morgens   mittags   abends

nachts   unklar

1. Der Erzähler hat eine Vision: Er sieht eine schöne junge Frau.

2. Der Erzähler weiß nicht, was er glauben soll. Dem Fürsten glaubt er nicht mehr.

3. Er denkt, er muss sie befreien.

4. Er geht zum öden Haus, kann aber nichts sehen.

5. Eine ganze Woche bleibt er zu Hause.

6. Er sieht, dass das Tor nicht verschlossen ist.

7. Der Alte sagt, das sei ein ruhiges Haus.

8. Er geht hinein.

9. Durch die Fenster kommt kein Licht.

10. Der Alte freute sich, ihn begrüßen zu dürfen.

11. Er fragt nach einer Person.

12. Der Alte geht in den Keller.

2 **Des Rätsels Lösung?**

Drei Erklärungen dessen, was der Erzähler gesehen hat, haben wir bisher gelesen. Erläutere (erkläre) sie in ein oder zwei Sätzen:

1. Die Konditorei-Hypothese von Fürst P.
2. Die „armes Mädchen"-Hypothese
3. Die Gräfin von S.-Erklärung des alten Mannes

Nummer 1 ist nicht wahr. Aber die anderen beiden?

3 **Aus dem Alltagsleben: Vorwände.**

Der Erzähler geht in das öde Haus. Bevor der Verwalter ihn fragen kann, was er wolle, fragt der Erzähler nach einer Person, die ihn gar nicht interessiert. Der Verwalter durchschaut die Lüge sofort: es ist nur ein Vorwand, um sich das Haus anzusehen. –

1. Gebrauchst du oft Vorwände? Sagst du zum Beispiel: „Ich geh nur Zigaretten holen …", um aus dem Haus zu kommen? Oder sagst du: „Ich muss mal (auf die Toilette)", wenn du aus dem Klassenzimmer gehen und telefonieren willst?

2. Was ist ein guter Vorwand, um eine unbekannte Frau / einen unbekannten Mann anzusprechen?
   „Kennen wir uns nicht?" oder „Wie spät ist es?" oder …

3. Was würdest du in folgenden Situationen sagen:
   a. Ein Milliardär wacht nachts auf. Da sieht er dich an seinem offenen Geldschrank stehen und möchte gern wissen, wer du bist und was du willst.
   b. In der Schule: Du sitzt während der Lehrerkonferenz unter dem Tisch.
   c. Du hast dich mit Partner/in nachts in die Bibliothek einschließen lassen. Der Bibliothekar, der morgens öffnet, möchte natürlich wissen, was ihr da macht.

Wortschatz – Ein bisschen Logik ...

4 „Der Raum ist schwach beleuchtet."
Warum kann man nicht sagen: „Der Raum ist schwach
erleuchtet"?
Das Präfix *er-* bedeutet (hier), ...
Welche der folgenden Sätze sind widersprüchlich
(kontradiktorisch)?

1. Die Tür ist ein bisschen geöffnet.

2. Das Geschäft ist ein bisschen eröffnet.

3. Er hat das Insekt ein bisschen zertreten.

4. Er drückte Anne leicht an sich.

5. Er zerdrückte Anne leicht.

6. Beeil dich, wir haben noch Zeit.

7. Gehst du hin, bleibst du zu Hause.

8. Ich habe daran gedacht. Daher habe ich es vergessen.

9. Er hat sich eine neue Wohnung gesucht, weil sie ihn in der
   alten erschlagen haben.

10. Wir können nur noch ein Stück sehen, er ist verschwunden.

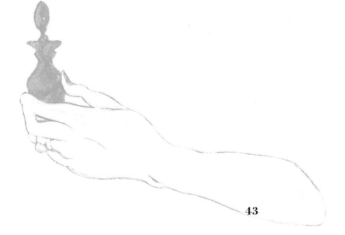

Warum endet das im Genitiv auf -*en*?

Maskuline und neutrale Substantive enden im Genitiv auf **-(e)s**, heißt die Regel. Aber im Text enden zwei maskuline Substantive auf **-en**.

(1) Die Geschichte des Fürsten ...

(2) Die unglückliche Sklavin des Alten ...

Welchen Unterschied gibt es zwischen den beiden Fällen?

5 Welches der folgenden Substantive bildet den Genitiv mit *-en* und warum?

1. r Hunger   ....
2. r Kranke   ....
3. r Polizist   ....
4. r Tote   ....
5. r Student   ....
6. r Nachbar   ....
7. r Erzähler   ....
8. r Baron   ....
9. r Graf   ....
10. r Löwe   ....
11. r Affe   ....
12. r Idiot   ....
13. r Ochse   ....
14. r Präsident   ....

KAPITEL 5

Wer steht da am Fenster?

m nächsten Tag durchwanderte ich zur Mittagszeit wieder die Allee, und als ich schon von weitem wieder nach dem Hause sah, sah ich im letzten Fenster des oberen Stocks etwas schimmern [1].
Näher gekommen bemerkte ich, dass die Jalousie hochgezogen, das Fenster ein Stück weit geöffnet war. Was da schimmerte, war – der Diamant, den ich an der Frauenhand gesehen hatte. Diesmal konnte ich auch das Gesicht der Frau sehen. Es war dasselbe traurige Gesicht meiner Vision! Aber es war unmöglich, in der Menschenmasse stehen zu bleiben, die sich dort auf der Straße bewegte. Auf der anderen Seite der Allee stand eine Bank. Schnell ging ich über die Straße. Dort saß man

---

1. **schimmern** : schwach leuchten.

Das öde HAUS

zwar mit dem Rücken zum öden Hause, aber wenn ich den Kopf zur Seite drehte, konnte ich ungestört zu dem Mädchen im Fenster hinüberschauen. Ja! Sie war es! Das süße, liebe Mädchen! Nur sah sie nicht mich an, wie ich zuerst geglaubt hatte. Ihr Blick hatte etwas Starres [1], Totes. Es hätte auch ein Bild sein können, aber der Arm und die Hand bewegten sich manchmal. Hinter mir hörte ich jemanden sprechen. Was wollte er? Ich drehte mich um. Es war ein italienischer Händler, und ich sagte ihm böse: „Lassen Sie mich in Frieden!" Aber er sprach immer weiter, bat und bettelte: „Noch nichts habe ich heute verkauft. Kaufen Sie doch etwas, mein Herr! Nur ein Taschenspiegelchen." Das war die Idee! Ein Spiegel! Ich dachte an das Haus hinter mir, das Engelsgesicht meiner Vision. Schnell warf ich dem Mann das Geld hin und nahm den kleinen Spiegel, der es mir nun möglich machte, ganz bequem zum Fenster hinüber zu schauen ohne von jemandem bemerkt zu werden.

Als ich nun länger und länger das Gesicht im Fenster ansah, wurde mir ganz sonderbar, ich fühlte mich starr werden. Es war, als würde ich mich nicht mehr befreien können. Ich wollte den Spiegel wegwerfen, ich konnte es nicht. Ich bekam Angst und mir wurde eiskalt – doch nun sahen mich die Himmelsaugen des Mädchens an, und elektrische Wärme lief durch meine Adern [2]. –

---

1. **starr** : steif, „rigide".   2. **e Ader(n)** : e Arterie oder Vene.

Wer steht da am Fenster?

„Sie haben da einen hübschen Spiegel", sprach plötzlich jemand neben mir. Ich erwachte aus dem Traum. Links und rechts saßen mehrere Personen neben mir, die mich anlächelten. Sie hatten gesehen, wie ich in den Spiegel gestarrt, dazu sicher auch seltsame Gesichter gemacht und am Ende mit mir selbst gesprochen hatte. Sie mussten mich für einen Spinner halten. „Sie haben da einen hübschen Spiegel", wiederholte der Mann, als ich nicht antwortete. Der Mann war schon alt, sehr sauber gekleidet und sah vertrauenerweckend [1] aus. Ich sagte ihm sofort, dass ich im Spiegel ein wunderschönes Mädchen gesehen hatte, das hinter mir im Fenster des öden Hauses gestanden hatte. Dann fragte ich ihn, ob er es nicht auch gesehen habe. „Dort hinten? In dem alten Hause – in dem letzten Fenster?" so fragte mich der Alte ganz verwundert. „Ja", antwortete ich; da lächelte der Alte und sagte: „Nun, meine alten Augen, Gott sei Dank sehen meine alten Augen noch sehr gut, und auch ich habe das Gesicht dort im Fenster gesehen, aber es war, wie mir schien, ein gut und lebendig gemaltes Porträt in Öl." Schnell drehte ich mich nach dem Fenster um, aber jemand hatte die Jalousie herunter gelassen. „Ja, mein Herr, nun ist's zu spät, denn vor zwei Minuten nahm der Diener, der dort das Haus der Gräfin von S. allein bewohnt, das Bild aus dem Fenster und ließ die Jalousie herunter." „Sind Sie denn sicher, dass es ein Bild war?" fragte ich nochmals. „Vertrauen Sie meinen Augen", antwortete der Alte. „Da Sie

---

1. **vertrauenerweckend** : Person, der man glaubt.

47

Das öde HAUS

den Reflex des Bildes im Spiegel betrachteten, sah es sicher noch lebendiger aus, und auch meine Phantasie hätte da leicht das Bild eines schönen Mädchens ins Leben gerufen." „Aber Hand und Arm bewegten sich doch!" rief ich. „Ja, ja", erwiderte er, „sie bewegen sich. Alles bewegt sich." Dann stand er auf. „Sie sollten keinem Spiegel vertrauen, junger Mann. Die lügen so oft."

Ich blieb noch auf der Bank sitzen, als er schon weggegangen war, und ging dann traurig und verärgert nach Hause. Ich war auf dem besten Weg verrückt zu werden. Ich wollte nicht mehr an das öde Haus denken und wenigstens ein paar Tage nicht mehr in dieser Straße spazieren gehen.

Leseverständnis

1 **Personen und Fakten.**

1. Wo ist der Erzähler? Wohin setzt er sich?
2. Was sieht er im Fenster?
3. Mit wem spricht er?

2 **Korrigiere in der folgenden Wiedergabe, was nicht richtig ist und setze die fehlenden Wörter ein.**

Der Erzähler geht am frühen Morgen in der Allee spazieren und sieht plötzlich ein schwaches Licht im Fenster des öden Hauses. Es ist der Reflex des ...., den die Frau seiner Vision trägt. Er bleibt stehen und sieht die Frau an und sie lächelt ihm zu. Dann geht er aber weiter und setzt sich auf eine .... Dort kauft er bei einem Italiener (!) ...., mit .... er die Frau im Fenster beobachtet. Ihm scheint jetzt, er könne sich nicht mehr frei bewegen, ihm wird ganz warm, doch der Blick der Frau .... Ein Mann spricht ihn an, weil er seinen Spiegel möchte, denn er hat auch das wunderschöne Mädchen im Fenster gesehen. Er gibt ihn nicht her und geht weg. Die anderen Leute auf der Bank finden das komisch.

3 **Zwei deutsche Redensarten könnte man als Untertitel für Teile des Textes gebrauchen. Für welche Teile?**

1. eine schlechte Figur abgeben
2. wie vom Blitz getroffen sein

4 Der Blick der Frau am Fenster scheint sich zu ändern.

Ergänze!

Zunächst meint der Erzähler, die Frau ....

Dann setzt er sich auf die Bank und denkt, ... und

....

Als er sie im Spiegel ansieht, fühlt er ....

Der ältere Herr aber sagt, ...

Wortschatz

5 Setze die fehlenden Substantive (im Singular) ein.

1. Glaubst du an ....?

2. Die Bonbons kommen in eine ....

3. Der Hund gibt mir die ....

4. Er war alt und mager und sah aus wie eine
   ....

5. Macchiavellis berühmtestes Buch heißt
   „Der ...." .

6. Die Autos fahren durch das .... hinein.

7. Er machte ein fürchterliches ...., als er sein
   kaputtes Auto sah.

8. Ich sah einen Hoffnungs .... in seinen Augen,
   aber es war zu spät.

e Mumie   e Pfote   r Spuk   r Fürst

s Tor   s Geschrei   e Tüte   r Schimmer

6 **Setze die fehlenden Substantive (im Plural!) ein.**

1. Aus deinem Kleiderschrank kommen seltsame ....
2. Auf dem Friedhof sind noch ein paar .... frei.
3. Er fiel mehrere .... hinunter.
4. Lass die .... herunter, es wird schon dunkel.
5. Sie standen mit offenen .... da.
6. Die .... machen in Deutschland schon früh zu.
7. Hast du .... vor mir?
8. Die .... an den Wänden sind scheußlich.

s Grab   e Jalousie   r Mund   r Laut

e Stufe   s Geheimnis   s Gemälde   s Geschäft

Grammatik

7 **Setze die fehlenden Präpositionen ein.**

1. Ich schaute den ganzen Tag .... ihr hinüber.
2. Sie wartete auf der anderen Seite auf mich, schnell ging ich .... die Straße.
3. Zum Dom? Gehen Sie einfach die Wilhelmstraße ....
4. Sie stand mit dem Rücken .... mir.
5. Das Gesicht, das ich .... Spiegel sah, konnte nicht meins sein.
6. .... Ende lebt keiner mehr.
7. Hier hat er eine seltsame Diskussion .... Leben gerufen.

8. Ich gehe nicht mehr mit ihm aus, denn er dreht sich immer .... den anderen Frauen um.

9. Ich erkannte sie schon .... weitem.

8 **Setze die folgenden Sätze ins Präteritum.**

1. Er schlägt immer wieder auf den Tisch.

2. Die beiden schieben den Elefanten auf den Balkon.

3. Wo hängt die kaputte Lampe?

4. Wohin hängen wir mein Foto?

5. Wenn sie singt, zerspringen die Gläser.

6. Ich frage sie nach ihm und sie seufzt nur.

7. Wer schreit denn da so?

8. Er ruft ihr etwas zu, aber wir verstehen es nicht.

„Spieglein, Spieglein an der Wand ..."

1 **Was meinst du? Und warum?**

Porträt von E. James

1. Wenn du in den Spiegel siehst, siehst du (vermutlich) „dich selbst". Aber wie?
   a. So, wie dich die anderen sehen.
   b. Als eine Statue.
   c. Als Mensch.
   d. Wie du wirklich bist.
   e. Als (Gummi) Maske.

2. Was ist hinter dem Spiegel?
   a. Nichts.
   b. Eine Traumwelt.
   c. Zum Beispiel die Wand.

3. Wer längere Zeit in den Spiegel schaut, ...
   a. wird verrückt.
   b. sieht bald gar nichts mehr.
   c. sieht bald andere, interessante Dinge.

4. Wer sich nie im Spiegel gesehen hat ...
   a. ist ein glücklicher Mensch.
   b. ist gar kein Mensch.

5. In welchem Alter ist der Spiegel besonders wichtig?
   a. Mit zwei Jahren.
   b. In der Pubertät.
   c. Ab vierzig.

Was möchte der „Spiegel"
spiegeln?

Der Erzähler...
Was sieht er im Spiegel, während er auf der Bank sitzt?
Was sieht er in Wirklichkeit? Warum, glaubst du, fühlt er sich starr
werden? Wann sieht er später das Gesicht der Frau im Spiegel?
Warum verkauft ihm ein Italiener den Spiegel? Weißt du, welche
Funktion Italiener im Schauerroman des achtzehnten und neunzehnten
Jahrhunderts haben?

Was spiegelt was?

2 **Der Körper den Geist? Die Kleidung den Charakter? Die
politischen Ansichten die Freunde (oder umgekehrt)? Bilde drei
oder vier Sätze. Welche Sätze sind (nicht) richtig? Gib Beispiele.**

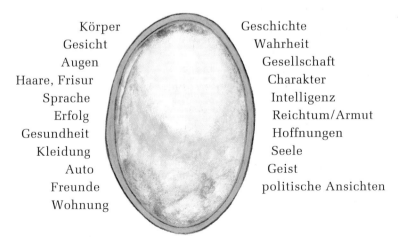

Körper	Geschichte
Gesicht	Wahrheit
Augen	Gesellschaft
Haare, Frisur	Charakter
Sprache	Intelligenz
Erfolg	Reichtum/Armut
Gesundheit	Hoffnungen
Kleidung	Seele
Auto	Geist
Freunde	politische Ansichten
Wohnung	

Goethe: Faust I

In der folgenden Szene sieht Faust Margarete zum ersten Mal (sie ist natürlich nicht im Zimmer!). Was ist wie in Hoffmanns Erzählung, was ist anders? (Warum?) – und wer oder was steht bei Hoffmann an Stelle Mephistopheles'?

Faust nähert sich, entfernt sich wieder von Mephistopheles' Spiegel.
„Was seh ich? Welch ein himmlisch Bild
Zeigt sich in diesem Zauberspiegel!
(…)
Wenn ich es wage, nah zu gehn,
Kann ich sie nur als wie im Nebel sehn! –
Das schönste Bild von einem Weibe!
Ist's möglich, ist das Weib so schön?"

Oscar Wilde:
Das Bildnis des Dorian Gray

1. Was sieht Dorian im Spiegel? Warum zerstört er ihn?
2. Was sehen die anderen Leute?
3. Wie ist er „wirklich"?

4. „… *it was an unjust mirror, this mirror of his soul that he was looking at. … It had been like conscience to him*" – worüber sagt der Erzähler das? Was ist „ungerecht" an diesem Spiegel, dem Spiegel des „Bewusstseins"? Was ist der „gerechte" Spiegel?

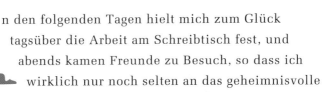

KAPITEL 6

Sie sollten mehr arbeiten!

n den folgenden Tagen hielt mich zum Glück tagsüber die Arbeit am Schreibtisch fest, und abends kamen Freunde zu Besuch, so dass ich wirklich nur noch selten an das geheimnisvolle Haus dachte. Nur nachts wachte ich in dieser Zeit oft plötzlich auf und sah das Haus und meine Vision wieder vor mir. Ja, auch während der Arbeit oder im Gespräch mit Freunden durchfuhr mich manchmal dieser Gedanke wie ein elektrischer Schlag. Aber diese Momente gingen schnell vorbei.

Der Taschenspiegel, in dem ich die Himmelsaugen meiner Vision gesehen hatte, diente mir nur noch, um zu kontrollieren, dass ich die Krawatte richtig gebunden hatte. Ich hatte ihn schon oft benutzt, als er mir eines Morgens blind schien, und

Das öde HAUS

ich ihn anhauchte [1] um ihn dann zu polieren [2]. – Mein Puls
stand still! Ich erstarrte vor wonnigem Grauen [3]! – Ja so muss
ich das Gefühl nennen, das mich überkam, als ich da im
bläulichen Nebel, der den Spiegel überlief, das Gesicht des
Mädchens sah, das mich traurig anschaute! – Ihr lacht? – Sagt
und denkt, was ihr wollt, aber das Mädchen sah mich aus dem
Spiegel an, solange der Nebel auf dem Spiegel lag. Ich
versuchte es von neuem und hauchte den Spiegel an. Wieder
erschien das geliebte Bild. Viele Male wiederholte ich mein
Experiment, manchmal erschien sie, manchmal nicht. Wie
wahnsinnig lief ich zum öden Haus und starrte in die Fenster.
Aber ich sah keinen Menschen. Ich lebte nur noch im Gedanken
an sie, alles andere war wie tot für mich. Meine Freunde, meine
Studien existierten nicht mehr.

Manchmal wurde das Bild blasser [4], der Schmerz in mir
milder, und dann stand es wieder klar vor mir, es schien mir
sogar, ich selbst würde das Bild und lebte im Nebel. Mal lief
ich aufgeregt herum, mal war ich ganz apathisch. Meine
Freunde hielten mich für krank und baten mich immer wieder,
zu einem Arzt zu gehen. Einer von ihnen, ein
Pharmaziestudent, ließ eines Abends ein Buch über
Geisteskrankheiten bei mir liegen. Ich fing an zu lesen, und

---

1. **hauchen** : „hhhh" machen.
2. **polieren** : mit Stoff sauber machen.
3. **wonniges Grauen** : freudiges Entsetzen (typisch romantische Formulierung).
4. **blass** : (hier) unklar, schlecht zu sehen.

Sie sollten mehr arbeiten!

alles, was dort über fixe Ideen geschrieben stand – schien über mich geschrieben worden zu sein. Schon sah ich mich im Irrenhaus. Schnell steckte ich meinen Taschenspiegel ein und ging zu Doktor K., einem berühmten Nervenarzt. Ich erzählte ihm alles bis ins letzte Detail und bat ihn mir zu helfen.

„Noch", fing er an, „noch ist die Gefahr nicht so nah, wie Sie glauben und ich bin sicher, dass ich Ihnen helfen kann. Dass Ihre Psyche geschwächt ist, ist klar, aber Sie wissen auch, woher das böse Prinzip kommt, das Sie krank macht. Lassen Sie mir Ihren Taschenspiegel hier, gehen Sie nicht mehr in die Allee, arbeiten Sie von früh bis spät, dann aber treffen Sie sich mit Ihren Freunden! Essen Sie gut und trinken Sie starken Wein. So werden Sie bald nicht mehr an das Gesicht denken, das Sie im Fenster gesehen haben."

Es fiel mir schwer, den Taschenspiegel dort zu lassen, der Arzt sah es, nahm den Spiegel und hauchte hinein. „Was sehen Sie?" fragte er mich. „Nichts", antwortete ich, weil ich wirklich nichts sah. „Hauchen Sie den Spiegel an!" sagte dann der Arzt und gab mir den Spiegel in die Hand. Ich tat es, das Bild war wieder da. „Da ist sie", rief ich laut. Der Arzt sah auch hinein und sprach dann: „Ich sehe nichts, aber ich fühle auch etwas Seltsames. Hauchen Sie doch noch einmal hinein!" Der Arzt legte mir seine Hand auf die Schulter. Das Gesicht kam wieder und der Arzt, der mit mir in den Spiegel schaute, wurde ganz blass. Dann nahm er den Spiegel, schaute nochmals hinein und legte ihn in einen Schrank, dessen Tür er dann verschloss. Einige Sekunden lang sagte er nichts und sah mich nicht an.

Das öde HAUS

„Tun Sie, was ich Ihnen geraten habe. Ich muss Ihnen sagen, dass ich im Moment auch nicht verstehe, was mit Ihnen geschieht. Ich hoffe, es bald besser zu verstehen."

In der folgenden Wochen lebte ich genau nach den Regeln meines Arztes, obwohl es schwer für mich war, und es ging mir langsam wieder besser. Aber jeden Tag kam es zwei Mal wieder: um zwölf Uhr mittags und um zwölf Uhr nachts. Dann konnte ich vor Unruhe und vor Schmerzen nicht bei den Freunden bleiben und musste warten, bis es mir wieder besser ging.

Leseverständnis

1 Was hältst du für richtig?

1. Er ging nicht mehr zum öden Haus,
   a. weil er Freunde treffen wollte.
   b. weil er viel zu tun hatte.
   c. weil er nicht mehr an das Haus denken wollte.

2. Nachts wachte er auf und dachte ...
   a. an das Haus.
   b. an die Freunde.
   c. an einen elektrischen Schlag.

3. Im Spiegel sieht er
   a. nur sich und seine Krawatte.
   b. einen Hauch nur.
   c. manchmal auch das Gesicht einer Frau.

4. Nachdem er sie im Spiegel gesehen hat,
   a. läuft er zum Arzt.
   b. läuft er zum Haus, um die Frau im Fenster zu sehen.
   c. aus dem Haus, um keinen Menschen zu sehen.

5. Er dachte an die Frau,
   a. und die Freunde wollten ihn zum Arzt schicken.
   b. und alle seine Freunde waren tot.
   c. und das Bild wurde langsam blasser.

6. Am Ende geht er zum Arzt,
   a. weil er sich in einem Buch wiedererkennt.
   b. weil er den Arzt kennt.
   c. weil er aufgeregt herumlief.

7. Der Arzt glaubt
   a. ihm nicht, will ihn aber kurieren.
   b. ihm, weil er auch etwas im Spiegel sieht.
   c. ihm nicht und sagt, er soll viel trinken.

Fragen

1. Was rät ihm der Arzt? (Was glaubt der Arzt wahrscheinlich?)
2. Was macht der Arzt mit dem Spiegel? (und warum wohl?)
3. Kannst du die Symptome der „psychischen Schwäche" des Erzählers beschreiben? Was würde der Arzt in einem Protokoll, einem Krankheitsbericht schreiben? Ergänze die Satzanfänge:
Der Patient verbringt viel Zeit ...
Dabei hat er ...
Seine Identität ...
Seine sozialen Beziehungen ...
4. Wie findest du die „Kur" des Arztes (Ergotherapie + Alkohol)? Was würde – glaubst du – heute ein/e Psychiater/in dazu sagen?
5. Geht es dem Erzähler dann besser?

Grammatik

2 **Bilde Sätze.**

Beispiel: es gestern gekauft / heute funktioniert es nicht mehr / obwohl →
Obwohl ich es gestern gekauft habe, funktioniert es heute schon nicht mehr.

1. nähergekommen / ich bemerke / sie ist nicht schön / dass
2. in Bielefeld angekommen / nachdem / ich ging erstmal ins Bahnhofskino
3. ich / noch nicht / kannte / sie / da / ich sagte nichts
4. sie / sah / sie war noch schöner / im Fenster / als gestern / als ich
5. ich / sah / in den Spiegel / denken / konnte ich nichts / solange
6. erschien / das Gesicht / im Spiegel / mir kalt / wurde / wenn
7. nach Hause / vom Arzt / geschickt / obwohl / ging / trinken / ein Bier / erstmal
8. die Krankheit / ist / vorbei / nicht mehr/ ich gehe / in die Allee / bis

3 Setze das passende Verb in der passenden Form (Tempus!) ein, wo es passt.

Beispiel: Jeden Morgen .... er .... hier ....
Jeden Morgen .....*geht*..... er .... hier *spazieren*.

1. Unser Zug .... die Städte Bochum und Wickede
....

2. Hast .... du .... das Heft .... im Bus
.................?

3. Sie .... mir .... zweimal täglich ....

4. Sie .... ihn .... ohne Grund .... böse
....

5. Die Arbeit .... mich .... bis gestern
.... dort ....

6. Abends .... sie .... die Jalousie ....

7. Unser Held .... die Straßen Berlins ....

8. Der Polizist .... bat .... mich .... ihn
.................: Alkoholkontrolle!

durchfahren*   anhauchen   liegenlassen

anschauen   erscheinen   festhalten

herunterlassen   durchwandern

---

* hier gibt es zwei Verben: dùrch | fahren (bis) – trennbar, durchfàhren (ein Land z.B.) – untrennbar, auch: durchwàndern.

KAPITEL 7

Magnetismus

ines Abends sprach man in einer
Abendgesellschaft über psychische Einflüsse und
über die geheimnisvolle Sphäre des Magnetismus.
Ein Arzt war dabei, der sagte, er könne aus der
Ferne auf Personen Einfluss nehmen.

„Wenn wir genau darüber nachdenken", fuhr nach einer
kurzen Pause ein anderer Arzt fort, „könnte uns der Magnetismus
viele seltsame Dinge erklären, die wir immer wieder erleben.
Warum sehen wir manchmal plötzlich, ohne besonderen Grund,
im Geiste eine Person vor uns, an die wir lange nicht gedacht
haben, oder die wir vielleicht erst Jahre später kennen lernen?
Wir alle sagen doch oft: ‚Mein Gott, der Mann, die Frau kommt
mir bekannt vor, ich muss ihn schon einmal irgendwo gesehen
haben', obwohl das gar nicht sein kann – vielleicht ist das die

Das öde HAUS

Erinnerung an ein Traumbild. Woher kommen diese Bilder? Könnte nicht ein fremdes psychisches Prinzip sie verursachen [1], ein fremder Geist den magnetischen Rapport herstellen?"

„Da wären wir", lachte ein anderer, „wieder bei der Hexerei, Zauberbildern, Zauberspiegeln und anderen abergläubischen [2] Phantastereien aus früheren, kindischen [3] Zeiten."

„Kindisch, wie sie sagen", unterbrach ihn da der Arzt, „ist keine Zeit gewesen. Immer haben die Menschen nachgedacht und zu verstehen versucht. Und was wissen wir heute wirklich besser? Wir suchen, wir versuchen, im Dunkeln weiter zu kommen. So wie der Blinde an dem, was er hört, die Nähe des Wassers erkennt, so ahnen [4] wir vielleicht in der Wirkung des Geistes ein höheres Prinzip, fühlen die Nähe des Lichts."

Ich wollte endlich etwas Konkretes hören und fragte den Arzt, der zuerst gesprochen hatte: „Sie meinen also wirklich, es gebe diese Wirkung eines fremden geistigen Prinzips? Dem man willenlos folgen müsste?"

„Das *meine* ich nicht, das *weiß* ich", antwortete er.

„So könnte es auch", fuhr ich fort, „dämonische Kräfte geben, die uns auf diese Weise zu Grunde richten [5]?"

„In uns", antwortete er, „muss es eine Schwäche, eine

---

1. **e Ursache(n) – e Wirkung(en)** : Kausalnexus.
2. **abergläubisch** : das Falsche (etwas Dummes) glaubend.
3. **kindisch** : infantil (vgl. kindlich: wie ein Kind!).
4. **ahnen** : etwas zu wissen glauben, weil wir es fühlen.
5. **zu Grunde richten** : ruinieren.

Magnetismus

Krankheit geben, damit der Dämon uns beherrschen kann."

„Da möchte ich doch", fing ein älterer Herr an, „etwas erzählen, was vor Kurzem in meinem Haus geschehen ist. Als Bonaparte mit seinen Truppen in unserem Land war, wohnte ein italienischer Oberst [1] der sogenannten Großen Armee bei mir. Ich mochte ihn gern, nur schien es ihm nicht gut zu gehen. Sein Gesicht war totenbleich, aus seinen dunklen Augen sprach eine schwere Krankheit oder tiefe Schwermut [2]. Ich war mit ihm auf seinem Zimmer, als er plötzlich starke Schmerzen zu haben schien. Er legte sich die Hand auf die Brust, schien keine Luft zu bekommen. Bald musste er sich aufs Sofa legen, wo er liegen blieb ohne sich bewegen zu können. Mein Arzt tat, was er konnte, um ihm zu helfen. Aber seine Mittel wirkten nicht.

1. **r Oberst(en)** : hoher Offizier.
2. **e Schwermut** : e Melancholie.

Das öde HAUS

Der Oberst erzählte ihm, dass er in diesen Momenten extremer
Schwäche das Bild einer Frau sehe, die er aus Pisa kenne. Am
nächsten Morgen ging es ihm wieder besser. Aber als er beim
Mittagessen saß und ein Glas Madeira zum Mund führen wollte,
schrie er plötzlich auf und fiel zu Boden. Er war tot. Einige
Wochen später kam ein Brief für ihn. Ich öffnete und las ihn,
weil ich hoffte, etwas über seine Verwandten zu erfahren, um
ihnen von seinem Tod schreiben zu können. Der Brief war kurz:
'Heute, am 7. um zwölf Uhr mittags sank Deine geliebte Antonia
im Gedanken an Dich tot nieder.' Ich sah auf den Kalender:
Antonias Todesstunde war auch seine gewesen."

Ich hörte nicht mehr, was der Mann noch erzählte. In dem
Schmerz des Obersten erkannte ich meinen. Wieder erschien mir
die Frau vom Fenster. Ich konnte nicht anders – ich sprang auf
und lief hinaus.

Leseverständnis

1 **Was ist richtig, was ist falsch?**

	R	F
1. Bei einer Abendgesellschaft befragt der Erzähler einen Physiker.	☐	☐
2. Ein Arzt erklärt ihm, man müsse den dämonischen Mächten folgen.	☐	☐
3. Jemand meint, moderne Menschen sollten nicht an so etwas glauben.	☐	☐
4. Ein anderer antwortet, moderne Menschen wüssten im Grunde auch nicht mehr.	☐	☐
5. Der Erzähler möchte nicht über so abstrakte Dinge sprechen.	☐	☐
6. Ein anderer Mann erzählt eine Geschichte über Napoleon.	☐	☐
7. Ein Oberst aus Italien schien plötzlich sehr krank zu werden.	☐	☐
8. Der Oberst starb wenige Tage, bevor seine Geliebte in Italien starb.	☐	☐
9. Der Erzähler kannte den Oberst.	☐	☐
10. Der Erzähler denkt bei der Geschichte an seine Vision.	☐	☐

2 **In diesem Kapitel gibt es eine ziemlich abstrakte Diskussion.**

Physisches, Psychisches und Parapsychologisches ...

– **Kannst du erklären, was heute normalerweise und was im Text mit Magnetismus gemeint ist?**
Wörter: physikalisch, e Wirkung(en), e Distanz(en), r Pol(e), e Anziehung (zwischen Minus- und Pluspol), die Abstoßung (zwischen zwei Plus- oder zwei Minuspolen)

—   Wie kommt es zum psychischen Magnetismus? Kannst du die
    Kausalkette rekonstruieren?
    Elemente: Fremdes psychisches Prinzip,
        ein Traumbild erzeugen,
        Schwäche oder Krankheit,
        ein Déjà-vu-Erlebnis haben.

3 **Was meinst du?**

Hast du selbst manchmal Déjà-vu-Erlebnisse? Kannst (und willst)
du von einem erzählen?
Kann man solche Erlebnisse erklären?
Gibt es eine rationale Erklärung für den Tod des italienischen (!)
Offiziers? Ist es einfach Zufall, dass seine geliebte Antonia im
selben Moment stirbt?

Die Geschichte der Menschen

4 **Ein Gesprächsteilnehmer meint, der Glaube an „Magnetismus"
etc. sei typisch für ...**
Eine andere Person ärgert sich darüber, weil ...
**Ergänze die Tabelle mit den folgenden Elementen: Die Menschen
sind ... primitiv, rational, unwissend, kennen letzte Wahrheiten
nicht, sind abergläubisch, suchen ...**

Position 1	Position 2
Früher:	Früher wie heute...
Heute:	

Welche Position ist aufklärerisch, welche romantisch?
Welche Position findest du richtiger? Vielleicht beide?

KAPITEL 8

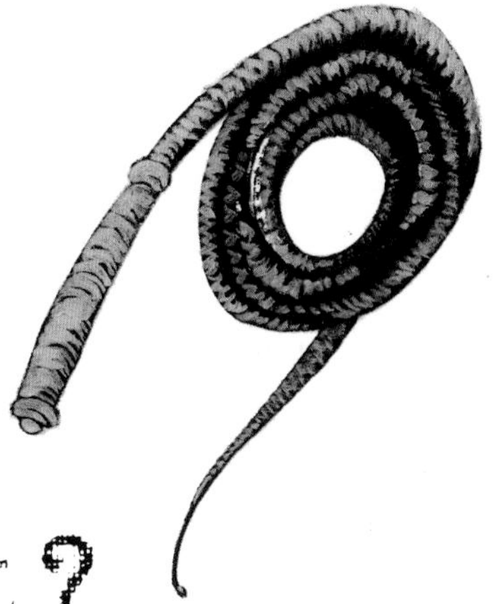

Hochzeit?

Von Weitem schien mir, es gäbe Licht hinter den verschlossenen Jalousien. Als ich näher kam, war wieder alles dunkel. Ich ging zum Tor. Es öffnete sich langsam. Schon stand ich im schwach erleuchteten Hausflur. Mein Herz klopfte vor Angst und Ungeduld. Da hörte ich einen seltsamen Gesang, der aus weiblichem Munde kommen musste. Ich weiß selbst nicht wie, aber ich stand plötzlich in einem festlich erleuchteten Saal. Ich sah vergoldete Möbel und seltsame japanische Vasen. Stark duftender, blauer Nebel lag im Raum. „Willkommen – willkommen, süßer Bräutigam [1], die Stunde ist da, die Hochzeit nah!" So rief laut und lauter die große, jung aussehende Frau, die plötzlich in Festkleidern auf mich zu kam. „Willkommen – willkommen, süßer Bräutigam",

---

1. **e Braut – r Bräutigam** : zwei, die einander heiraten.

wiederholte sie und breitete die Arme aus, und stand vor mir. –
Ein gelbes, von Wahnsinn und Alter verzerrtes [1] Gesicht starrte
mir in die Augen. Ich ging einen Schritt zurück, aber ich konnte
nicht wegsehen. War das nicht nur eine schreckliche Maske,
unter der ich das süße Gesicht meiner Vision sehen konnte?
Schon fühlte ich die Hände des Weibes in meinen, da schrie sie
laut auf und sank zu Boden. Hinter mir rief eine Stimme: „Hu
hu! Treibt wieder der Teufel sein Spiel mit Ihnen! Zu Bette, zu
Bette, meine Dame, sonst setzt es was [2]!" Ich drehte mich schnell
um und sah den alten Hausverwalter im Nachthemd hinter mir.
In der Hand hielt er eine Peitsche [3]. Er wollte die Alte schlagen,
die weinend am Boden lag. Ich hielt seinen Arm, aber er machte
sich los und schrie: „Mein Herr, haben Sie noch nicht genug? Der
alte Satan hätte Sie ermordet, wenn ich nicht gekommen wäre! –
Fort, fort, fort!" – Ich lief zum Saal hinaus, ich suchte die
Haustür. Es war zu dunkel. Ich konnte nichts sehen. Nun hörte
ich die Peitschenschläge und das Geschrei der Alten. Ich wollte
laut um Hilfe rufen, aber ich verlor den Boden unter den Füßen
und fiel eine Treppe hinab. In dem kleinen Zimmer, in dem ich
mich wiederfand, gab es ein Bett, und ein brauner Rock hing
über einen Stuhl. Es musste das Schlafzimmer des Verwalters
sein. Wenige Augenblicke später hörte ich auch ihn die Treppe
herunter fallen. Er stand sofort wieder auf. „Um Himmels

1. **verzerrt** : deformiert.
2. **sonst setzt es was** : sonst gibt es Schläge.
3. **e Peitsche(n)** : damit schlägt man Pferde.

Das öde HAUS

Willen!" rief er mit gehobenen Händen, „um Gottes Willen! Ich
weiß nicht, wer Sie sind und wie der alte Hexensatan Sie
hergerufen hat, aber bitte, erzählen Sie niemandem von dem, was
hier geschehen ist, sonst verliere ich Amt [1] und
Brot. Die wahnsinnige Exzellenz hat ihre
verdienten Schläge bekommen und liegt
jetzt gebunden im Bett. Oh, gehen Sie
doch schlafen, gnädiger Herr!" Mit
diesen Worten brachte der Alte mich
zur Tür. „Gehen Sie schlafen. Eine
schöne, warme Julinacht, ohne
Mondschein, aber die Sterne
leuchten! Nun eine ruhige, glückliche
Nacht." Er schlug die Tür hinter mir zu
und ich hörte, wie er sie von innen
zuschloss. Ich ging schnell nach Hause. Ihr
könnt euch denken, dass ich mir die Sache

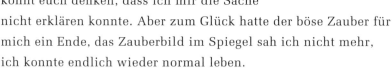

nicht erklären konnte. Aber zum Glück hatte der böse Zauber für
mich ein Ende, das Zauberbild im Spiegel sah ich nicht mehr,
ich konnte endlich wieder normal leben.
Aber was war geschehen? Dass dort eine Wahnsinnige lebte, war
sicher. Aber die Geschichte mit dem Spiegel?

---

1. **Amt(¨er)** : staatl. Büro, (hier) Arbeit.

Leseverständnis

1 **Personen und Tatsachen.**

1. Welche Personen trifft der Erzähler?
2. Wo trifft er wen?
3. Wie sind diese Personen bekleidet?

2 **Ergänze die Sätze und Satzanfänge 1-7 mit den passenden Elementen a-i.**

1. Als der Erzähler vor dem Haus steht, → ☐ ☐ ☐
2. In einem Saal trifft er eine Frau → ☐ ☐ ☐
3. Es scheint, → ☐ ☐ ☐
4. Aber sie ist alt. → ☐ ☐ ☐
5. Dann fällt sie, → ☐ ☐ ☐
6. Der Alte schickt den Erzähler fort. → ☐ ☐ ☐
7. Der Erzähler freut sich, → ☐ ☐ ☐

a. sie wäre jung.
b. steht das Tor offen und
c. von der er zuerst denkt,
d. denn sie hat wahrscheinlich Angst vor dem Mann,
e. denn er hat eine Peitsche in der Hand.
f. sie wolle ihn heiraten.
g. weil er das Gesicht nicht mehr im Spiegel sieht.
h. er geht hinein.
i. der hinter dem Erzähler steht,

3 Welchen Teilen des Kapitels könnte man die folgenden Untertitel geben?

1. „Immer noch hier?"
2. Ein Hochzeitsfest
3. „Gehen Sie!"
4. Frau Tod

4 Wie nennt der Hausverwalter die Frau?

1. ....
2. ....
3. ....
4. ....

Wortschatz

5 Setze das fehlende Verb (und alle seine Teile) ein, wo es passt.

1. Er werde, sagte sie, uns noch alle ....
2. Du musst deine Aggressivität besser ...., sonst wirst du Probleme bekommen.
3. In der Zeitung werden die Tatsachen ....
4. Viren und Bakterien können Grippe und Erkältung ....
5. Der Lehrer .... sich immer, es ist zum Einschlafen.
6. Er .... all seine Fotos vor mir ....

ausbreiten   verzerren   beherrschen

wiederholen   zu Grunde richten   verursachen

Grammatik

6 **Präpositionen: *aus* (kontrollierbares Motiv), *vor* (unkontrollierbare, interne Ursache), *wegen* (externe Ursache).**
Setze die passende Präposition ein.

1. .... starker Schmerzen konnte er heute nicht arbeiten.

2. Er war ganz krank .... Angst.

3. Ich konnte .... Ärger nicht schlafen.

4. .... Geldproblemen hat er sie fortgeschickt.

5. .... welchem Grund hat er sie ermordet? Er wollte ihr Geld.

6. .... Müdigkeit konnte er die Augen nicht offen halten.

7 **Konjunktiv I – Der Erzähler macht sich Gedanken um die alte Frau und geht zur Polizei. Das Polizeiprotokoll steht natürlich im Konjunktiv I.**

„Eines Abends bin ich in das Haus gegangen, das mich schon lange interessiert. Das Tor stand offen. Ich kam bald in einen Saal, wo ich eine Frau traf. Sie war gekleidet, als ob sie auf ihrer Hochzeit wäre und sie sprach mit mir, als ob sie mich hätte heiraten wollen. Plötzlich stand ein Mann hinter mir, in dem ich den alten Hausverwalter erkannte. Er schlug die Frau mit einer Peitsche. Später sagte er mir, er habe sie aufs Bett gebunden und ich solle nach Hause gehen. Ich denke, sie sollten mit einem Arzt und einem Psychiater dorthin gehen und versuchen der Frau zu helfen."

Das Protokoll beginnt so:

„Heute, am 18. Februar 1816, ist auf der Polizeiwachstube 563 Berlin Friedrichstraße Herr Theodor X erschienen, um uns über die Zustände im Hause Unter den Linden 67 zu unterrichten. Er gab an, er sei eines Abends in das Haus..."

Schreibe das Protokoll zu Ende.

KAPITEL 9

Eine Begegnung

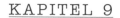

Später traf ich Fürst P. in einer großen Abendgesellschaft. Er kam lachend auf mich zu und sagte: „Wissen Sie, dass ich jetzt Näheres über das öde Haus weiß?" Gern hätte ich mehr von ihm gehört, aber im selben Moment öffneten sich die Türen des Esssaals, man ging zur Tafel. In Gedanken beim öden Haus, hatte ich einer jungen Damen den Arm geboten und war mechanisch dem Zeremoniell gefolgt: Ich führe meine Dame zu einem freien Platz, setze mich neben sie, sehe sie erst dann näher an und – sehe die junge Frau, die ich immer im Spiegel gesehen hatte.

Eine Begegnung

Mein Erschrecken stand mir im Gesicht, denn das Mädchen sah mich ganz verwundert an. Ich versuchte, mich besser zu beherrschen und erklärte dem Mädchen ganz ruhig, dass ich mir ganz sicher sei, sie schon einmal gesehen zu haben. „Das kann nicht sein", antwortete sie kurz. „Ich bin erst gestern nach Berlin gekommen, und das zum ersten Mal." Ich sagte nichts mehr. Aber ihr Engelsgesicht verzauberte mich. Ich sprach über dies und das, um mehr über mein Gegenüber zu erfahren. Schnell wurde mir klar, das ich ein liebes, aber psychisch kränkelndes [1], übersensibles Mädchen neben mir hatte. Wenn ich Witze machte, lächelte sie zwar, aber machte ein Gesicht, als ob sie Schmerzen hätte. Ein Offizier, der in der Nähe saß, fragte

----

1. **kränkelnd** : nicht ganz gesund, oft krank.

Das öde HAUS

sie: „Sie sehen traurig aus, meine Liebe. Ist es vielleicht der Besuch von heute Morgen ..." Aber er wurde von einem Nachbarn unterbrochen [1]. Das Mädchen weinte plötzlich: „Bin ich nicht ein dummes Kind? Aber es ist die Migräne." „Nervöser Kopfschmerz", sagte ich schnell, „da hilft nichts besser als der Geist dieses Dichtergetränks." Mit diesen Worten schenkte ich ihr Champagner ein [2]. Sie sah mich dankbar an.

Beim Kaffee ging ich sofort zu Fürst P. Er wusste, warum. „Wissen Sie, dass Ihre Tischnachbarin die Gräfin Edwine von S. war? Wissen Sie, dass in dem öden Haus die Schwester ihrer Mutter, unheilbar [3] wahnsinnig, eingeschlossen ist? Heute morgen waren Mutter und Tochter bei ihr. Der alte Hausverwalter, dem man die Aufsicht [4] über sie gegeben hat, liegt im Sterben. Man sagt, die Schwester habe endlich den Doktor K. gerufen, der vielleicht der Kranken noch helfen könnte. Mehr weiß ich im Moment noch nicht." Andere Gäste kamen zu uns, wir konnten nicht weitersprechen.

1. **unterbrechen** : stören, nicht weitersprechen lassen.
2. **einschenken** : ins Glas gießen.
3. **unheilbar** : kann nicht mehr gesund werden.
4. **e Aufsicht** : Kontrolle, Verantwortung.

Leseverständnis

1 **Richtig oder falsch?**

		R	F
1.	Fürst P. lacht, als der Erzähler ihn trifft.	☐	☐
2.	Zuerst haben sie keine Zeit, über das Haus zu sprechen.	☐	☐
3.	Der Erzähler nimmt seine Frau am Arm und geht essen.	☐	☐
4.	Die Frau ist dieselbe, die er im Fenster gesehen hatte.	☐	☐
5.	Die junge Frau sieht, dass er einen Schreck bekommen hat.	☐	☐
6.	Sie meint, er könne sie eigentlich noch nie gesehen haben.	☐	☐
7.	Er gefällt ihr sehr.	☐	☐
8.	Sie hat keinen Humor.	☐	☐
9.	Sie trinkt nicht, weil sie Kopfschmerzen hat.	☐	☐
10.	Fürst P. kennt die junge Dame noch nicht.	☐	☐
11.	Ihre Tante ist nicht ganz gesund und lebt im öden Haus.	☐	☐
12.	Dem Alten im öden Haus kann kein Arzt mehr helfen.	☐	☐
13.	Man sagt, dass der Frau auch kein Arzt mehr helfen könne.	☐	☐
14.	Der Fürst denkt, er werde bald mehr wissen.	☐	☐

Wortschatz

2 **Welches Substantiv passt (nicht)?**

Beispiel: Woher kennst du denn dieses .... (~~Frau~~, Mädchen, ~~Junge~~)

1. Welcher Lehrer hat in der Pause ....
   (Aufsicht, Amt, Schwermut)
2. Welche .... hat dieses neue Medikament?
   (Migräne, Braut, Wirkung)
3. Er versucht immer auf andere .... zu nehmen.
   (Peitsche, Wirkung, Einfluss)
4. „Wenn du zum .... gehst, vergiss .... nicht."
   (Weib, Braut, Schwermut, Peitsche)
5. Auch viele Männer bekommen ....
   (Bräutigam, Wirkung, Migräne)
6. Das Gesundheits .... registriert Tuberkulosekranke.
   (Einfluss, Amt, Migräne)
7. Die .... war in weiß, der .... schwarz
   mit rosa Krawatte gekleidet.
   (Braut, Schwermut, Bräutigam)
8. Die .... war für ihn wie eine Freundin.
   (Weib, Schwermut, Amt)

‑ ‑ ‑ ‑ ‑ ‑ ‑ ‑ ‑ Grammatik ‑ ‑ ‑ ‑ ‑ ‑ ‑ ‑ ‑

Die Präposition *bei* ...

hat viele Bedeutungen
(1) In Gedanken war ich beim öden Haus...
(2) Beim Kaffee ging ich sofort zu Fürst P.
(3) Bei ihrer Migräne konnte sie nicht über seine Witze lachen.

Kannst du die Sätze so wiedergeben, dass die Präposition *bei* verschwindet?

Beispiel: (1) Ich dachte an das öde Haus.
(2)
(3)

3 **Versuche es auch mit den folgenden Sätzen:**

1. Bei unserem Spaziergang sahen wir viele leerstehende Häuser.
2. Bei diesem Wetter gehen wir natürlich nicht ins Kino.
3. Er ging über die Straße. Dabei drehte er sich immer wieder um.
4. Ich bin morgen um halb sieben bei dir.
5. Bei so einem komplizierten Thema kann ich nicht mitreden.
6. Als die Polizei kam, war er gerade dabei, ihre Reste in den Müllsack zu tun.

4 **Das „Schreckliche" und der Erzähler.**
Beide, der Erzähler und Fürst P., wollen wissen, was in dem öden Haus geschieht. Aber der Fürst hat eine andere Methode und eine andere Haltung dazu. Was ist anders? (Was du nicht weißt, kannst du vermuten.)

	Erzähler	Fürst P.
Wie ist seine soziale Stellung?		
Wo bekommt er seine Informationen?		
Welches Interesse hat er an den Informationen?		
Wie wichtig ist es ihm, mehr zu wissen?		

5 Erzählstruktur.

Fürst P. erzählt dem Erzähler, was er gehört hat. Und der Erzähler erzählt es ... uns? Welcher Erzähler? Theodor, der es seinen Freunden erzählt, oder der Erzähler, der uns erzählt, was Theodor seinen Freunden erzählt? Kannst du die verschiedenen Perspektiven rekonstruieren? Ergänze:

Rahmen: Erzähler 1 erzählt vom Gespräch zwischen Freunden, dann gibt er Theodors Erzählung wieder:

Theodor (Erzähler 2) erzählt von ... trifft Fürst P.	Fürst P. erzählt,
Theodor sieht den Frauenarm im Fenster und geht zum Konditor.	Der Konditor ...
In der ... trifft Theodor selbst den ... Theodor erzählt seine Vision nach:	Er hat eine junge Frau gesehen, ...
Theodor geht selbst ins öde Haus. Am nächsten Tag sieht er die junge Frau im Fenster. Ein älterer Herr korrigiert ihn:	Im Fenster habe nur ...
Theodor ist psychisch labil und geht zum Arzt. Eines Abends erzählt bei Freunden ein Gast eine Geschichte.	Geschichte vom italienischen Oberst
Theodor läuft zum öden Haus und trifft dort die Frau und den Verwalter. Bei Freunden trifft er Fürst P. und die fremde junge Frau.	Fürst P.'s Erklärung
Theodor geht zum Arzt, der ihm erzählt, was man ihm erzählt hat.	Geschichte von Gabriele und der roten Zigeunerin

Fragen

1. Aus welchen literarischen Werken oder Bewegungen kennst du ähnliche Konstruktionen?
2. Welche Wirkung hat diese „verschachtelte" Konstruktion auf den Leser?
3. Welche Geschichte ist am Ende wahr? Wovon hängt es ab, ob sie wahr ist?

KAPITEL 10

Der Zauber der roten Zigeunerin

D oktor K., den Fürst P. erwähnt [1] hatte, war derselbe, zu dem ich selbst wegen meiner Krankheit gegangen war. Sobald es möglich war, ging ich zu ihm und bat ihn, mir als seinem Patienten, der selbst mit der Geschichte zu tun hatte, alles zu erzählen.

Angelika, Gräfin von Z. (so fing der Doktor an), war schon über dreißig, aber noch so schön, dass der viel jüngere Graf von S., der sie hier in Berlin kennen gelernt hatte, sich sofort in sie verliebte. Er wollte sie heiraten und als sie im Sommer aufs Land fuhr, folgte er ihr. Er wollte ihren Vater um ihre Hand bitten. Als er aber dort ankam, lernte er Angelikas jüngere Schwester Gabriele kennen,

---

1. **erwähnen** : von jdm. kurz sprechen.

Der Zauber der roten Zigeunerin

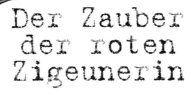

neben der ihm Angelika alt und blass
erschien. So bat er den Grafen von Z. um
Gabrieles Hand, die ihm der alte Graf gern gab,
weil auch Gabriele sich in ihn verliebt hatte.

Angelika schien das alles nicht zu stören. „Er glaubt, mich
verlassen zu haben. Der dumme Junge! Nicht ich war sein, er war
mein Spielzeug, das ich wegwarf." Nach der Verlobung sah man
sie nur noch selten. Sie aß nicht mit der Familie zusammen und
machte lange Spaziergänge im nahe gelegenen Wald.

In dieser Zeit geschah etwas, was die Ruhe auf dem Schloss
störte. Man hatte eine Zigeunerbande [1] gefangen, die in der Nähe
geraubt und gemordet haben sollte, und brachte die Zigeuner
vors Schloss. Unter ihnen sah man ein langes, entsetzliches,
mageres Weib, das von Kopf bis Fuß in einen
langen blutroten Schal gekleidet war. Der
Schlossherr kam heraus und wollte die
Zigeuner in den Schlossgefängnissen
einschließen lassen, als Angelika
hinausstürzte, Entsetzen und Angst im
bleichen Gesicht. Sie warf sich auf die
Knie und schrie: „Lasst diese Leute!
Lasst sie gehen! Sie haben nichts
Schlechtes getan! Vater, lass diese
Leute. Wenn ihnen etwas getan wird,

1. **r Zigeuner(=)** : heute sagt man „Sinti
und Roma".

87

Das öde HAUS

töte ich mich hier vor deinen Augen!" Sie zog ein Messer hervor,
fiel aber dann weinend zu Boden. Die rote Alte kniete sich neben
sie und sagte:

„Ei, mein schönes Püppchen, mein Goldkind." Dann küsste die
schreckliche Alte sie immer wieder. „Wach auf, wach auf – hui,
hui, dein Bräutigam kommt." Damit zog die Alte ein Glas hervor,
in dem ein kleiner Goldfisch schwamm. Dieses hielt sie der
Gräfin ans Herz. Angelika erwachte, sprang auf, umarmte das
Zigeunerweib, und Arm in Arm gingen sie ins Schloss hinein.
Der Graf von Z., Gabriele und ihr Bräutigam hatten das alles voll
Entsetzen angesehen.

Am nächsten Morgen ließ der Graf das ganze Dorf
zusammenkommen, erklärte, dass die Zigeuner nicht die
gesuchten Mörder und Räuber seien und gab ihnen Pässe, damit
sie ungestört weiterreisen konnten.

Der Hochzeitstag Gabrieles kam näher, als sie eines Morgens
Wagen mit Möbeln und Kleidung abfahren sah. Beim Frühstück
erfuhr sie, dass Angelika mit einem Diener und einer Frau, die
wie die rote Zigeunerin ausgesehen habe, abgereist sei. Graf Z.
erklärte, dass es Angelikas Wunsch gewesen sei, allein im Hause
der Familie in Berlin leben zu dürfen.

Nach ihrer Hochzeit lebten Gabriele und ihr Mann ein Jahr
lang glücklich zusammen. Doch dann wurde ihr Mann krank. Es
war, als ob ihm ein geheimer Schmerz alle Lebensfreude raubte.
Die Ärzte konnten ihm nicht helfen und schickten ihn zu einem
Spezialisten nach Pisa. Gabriele konnte nicht mit ihm fahren,

Das öde HAUS

weil sie ein Kind erwartete. Hier war es (erklärte mir Doktor K.) nicht möglich, Näheres zu erfahren. Das Kind Gabrieles verschwand kurz nach der Geburt. Zur selben Zeit bekam Gabriele einen Brief von ihrem Vater. Bei seinem Besuch in Berlin habe er erfahren müssen, dass Gabrieles Mann, von dem alle glaubten, er sei in Pisa, im Haus Angelikas vom Schlag tödlich getroffen worden sei. Angelika sei in furchtbarem Wahnsinn gefangen. Er selbst fühle sich nach allem so schwach und müde, dass er wohl nicht mehr lange leben werde.

Eines Abends glaubte Gabriele vor der Tür ihres Schlafzimmers ein leises Weinen zu hören. Als sie hinaussieht, sitzt vor der Tür das Zigeunerweib auf dem Boden und starrt sie aus leblosen Augen an. Im Arm hält sie ein kleines Kind. Die Gräfin kann es erst nicht glauben, aber es ist – ihr Kind, ihre verlorene Tochter! Sie nimmt das Kind, und die Alte fällt um wie ein Sack. Sie ist wirklich tot.

Die einzige Möglichkeit zu erfahren, was geschehen ist, scheint ein Besuch bei Angelika zu sein. Die Gräfin fährt mit ihrem Vater nach Berlin. Sie finden Angelika ganz verändert.

Der Zauber der roten Zigeunerin

Als sie die Geschichte des Kindes hört, lacht sie laut: „Ist's Püppchen angekommen?" Plötzlich sieht ihr Gesicht wie das Gesicht der Zigeunerin aus. Der Graf will sie nicht in dem Haus lassen, sondern mit aufs Land nehmen, aber sobald man sie aus dem Haus bringt, schreit sie und schlägt wild um sich. Auf Knien bittet sie ihren Vater, sie in dem öden Haus zu lassen. Sie wolle ihm auch alles erzählen. Graf S. sei zu ihr zurückgekommen. Das Kind, welches die Zigeunerin ins Haus des Grafen gebracht habe, sei ihrs.

Man lässt sie in dem öden Haus leben.

Vor einiger Zeit ist nun Graf von Z. gestorben, und Gabriele ist mit ihrer Tochter Edwine nach Berlin gereist, um Familienangelegenheiten [1] zu klären. Dabei musste sie auch ihre Schwester besuchen. Was dort geschehen ist, wissen wir nicht, aber Gabriele wollte einen Arzt herberufen. Auch der alte Hausverwalter war halb wahnsinnig geworden. Er hatte mit Angelika zusammen alchimistische Experimente durchgeführt um Gold zu machen.

Ich bin sicher, (so beendete der Arzt seine Erzählung), dass Ihre Visionen mit der letzten Krise Angelikas zu tun haben. Krank waren Sie nicht, wir haben beide das Gesicht Edwines in Ihrem Taschenspiegel gesehen.

Ebenso wie der Arzt nichts zur Erklärung der Geschichte zu

---

1. **e Angelegenheit(en)** : (wirtschaftl./juristisches) Problem.

Das öde HAUS

sagen hatte, so will ich gar nicht erst versuchen, die mystische Wechselwirkung dämonischer Kräfte zu erklären, die hier im Spiel waren. In der Folgezeit hatte ich immer ein unheimliches Gefühl, solange ich in der Stadt blieb. Nach einigen Wochen ging es mir plötzlich, von einer Minute auf die andere, wieder besser und ich begann mich frei zu fühlen. In diesem Moment ist, glaube ich, die Alte gestorben.

So endete Theodor seine Erzählung.

Als sie nach Hause gingen, nahm Franz Theodors Hand und sagte leise: „Gute Nacht, du Spalanzanische Fledermaus!"

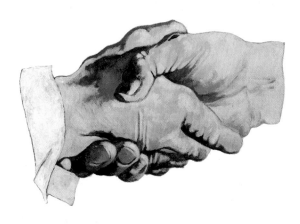

Leseverständnis

1 **Personen und Tatsachen.**

1. Wie viele Personen kommen in diesem Textstück vor (Namen)?
2. Welche Orte werden erwähnt?

2 **Wer sind all diese Leute? Schreibe jeweils die passenden Informationen unter den Namen. Ergänze dann, was fehlt.**

Dr. K.	Graf von S.	Gabriele
Angelika	Graf von Z.	Zigeunerin

1. erzählt alles, was er weiß
2. wohnt im Wald
3. Gräfin von Z.
4. bringt ein Kind
5. heiratet
6. verliebt sich
7. stirbt
8. erst in eine, dann in die andere
9. wird nicht geheiratet
10. kommt mit nach Berlin
11. war schön
12. bekommt ein Kind
13. sollte nach Pisa
14. lebt in Berlin
15. stirbt in Berlin

3 Wahrscheinlich oder nicht?

1. Das Kind, das die Zigeunerin Gabriele bringt, ist das Kind Angelikas.
2. Die Zigeunerin hat Angelika geholfen.
3. Angelika liebt den Hausverwalter.
4. Graf von Z. hat mit Angelika in Berlin zusammen gelebt.

4 Was glaubst du?

1. Warum will Angelika allein in Berlin leben?
2. Warum bringt die Zigeunerin Gabriele das Kind?
3. Warum geht es Gabrieles Mann schlecht?
4. Warum fährt Gabrieles Mann zu Angelika?
5. Warum stirbt er dort?
6. Wer ist die Frau, die Theodor in seiner Vision gesehen hat?
7. Warum erscheint sie ihm?
8. Warum das alles?

Auch du kannst für den Leser, der wonniges Grauen sucht, eine Geschichte schreiben.
Versuch es einmal!
Wichtige Elemente sind der Ort, vielleicht das Wetter (Nebel, Sonnenschein?), vielleicht der soziale Kontext (Familie, Stand) und die Epoche (Alt-Ägypten, das antike Rom). Würdest du eine Maschine oder ein Instrument ins Zentrum stellen (Fernglas, Spiegel)? Was für eins?
Gibt es (viele) Tote?
Wer soll die Hauptperson sein?
Wie alt ist er/sie und was ist er/sie von Beruf?
Gibt es einen Gegenspieler?
Möchte die Hauptperson etwas wissen?

5 **Mögliche Anfänge:**

1. Es war ein grauer Dienstag.
2. „Hilfe!" schrie er. „Hilfe!", aber ...
3. Er war zu spät gekommen ...
4. Jeden Tag ging er an dem ... vorbei, und nie ...
5. „Erzähl doch!" baten sie ihn, aber er ...
6. Die Angst stand in ihren Augen ...

6 **Was für ein Ende wählst du?**

Mögliche letzte Sätze:
1. ... das werden wir nie erfahren.
2. ... dann heirateten sie und lebten glücklich bis an ihr Ende.
3. Es gab hier also nichts Übernatürliches. Alles war erklärbar.
4. Dann legte er eine Rose neben sie und ging langsam fort.
5. „Teufel!" schrie er noch einmal laut auf und fiel dann leblos zu Boden.

Welcher Schluss ist „romantisch"? welcher „aufgeklärt"?

Mit „romantisch" kann man offensichtlich verschiedene Dinge meinen.

Welche?

Gibt es ein gutes Ende? Woher kommt die Hilfe? aus einem Buch? vom Arzt? von der Familie? ...

Gibt es ein schlimmes Ende? Warum gibt es keine Hilfe?

Jetzt brauchst du nur noch anzufangen. Die Geschichte braucht ja nicht lang zu werden.

Das wonnige Grauen

Zum Text

1. Am Ende der Erzählung des Arztes ist alles geklärt, oder nicht?

2. Kennst du diese Elemente aus anderen narrativen Texten?

   a. die Zigeunerin   **b.** der Italiener   **c.** Alchimie   **d.** der springende Alte mit Hund   **e.** Magnetismus oder andere auf Distanz wirkende psychische Kräfte   **f.** der Spiegel   **g.** psychische Krankheiten

3. Das Doppelgängermotiv ist bei Hoffmann (und bei vielen anderen) zentral. Kannst du für dieses Motiv Beispiele in „Das öde Haus" angeben? Welche Funktion(en) hat das Motiv hier?

4. Es gibt allerdings auch Elemente im Text, die vielleicht eher komisch wirken. Kannst du solche Elemente angeben? Denk an die Geschichte der Zigeunerin und an die Erzählung von Theodors Besuch bei der jungen/alten Frau und ihrem Verwalter.

5. Die Geschichte von Theodors Begegnung mit der jungen/alten Frau hat auch Ähnlichkeiten mit einer Traumerzählung. Was meinst du dazu? Siehst du solche Ähnlichkeiten?

Film
Kennst du die folgenden Filme, findest du vielleicht Vergleichselemente:
Psycho (Hitchcock)
They Live (John Carpenter)
Mary Reilly
und mit „Akte X" (X-Files)?

Warum lesen wir solche Geschichten? Warum sehen wir(?) Gruselfilme?
Was ist eigentlich wonnig am wonnigen Grauen (man spricht auch von „wohligem Gruseln")?
Kennst du etwas Ähnliches aus der englischsprachigen Tradition?